おかしな転生

XVIII

イチゴタルトは涙味

古流 望

NOZOMU KORYU

TOブックス

ERS

モルテールン家

ペイストリー
末っ子。領主代行。寄宿士官学校の教導員を兼任中。最高のお菓子作りを夢見る。

アニエス
ペイスの母。子供たちを溺愛する子煩悩な性格。

カセロール
ペイスの父にして領主。息子のしでかす騒動に悪戦苦闘の毎日。

リコリス
フバーレク辺境伯家の四女。ペイスと結婚。ペトラとは双子。引っ込み思案な性格。

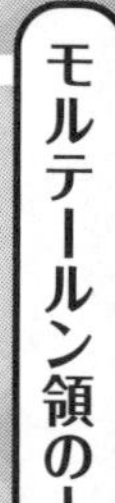

シイツ
モルテールン領の私兵団長にして、従士長。

デココ
元行商人。モルテールン家お抱えのナータ商会を運営している。

ラミト
外務を担う従士。期待の若手。

ニコロ
財務担当官。金庫を任される苦労人。

CHARA

レーテシュ伯爵家

セルジャン
オーリヨン伯爵家の次男。レーテシュ伯と結婚した。

レーテシュ
王国屈指の大領地を治める女傑。三つ子の娘たちを出産した。

聖国

ビターテイスト
聖国一の魔法使い。真面目な堅物でお菓子が苦手。ペイスの天敵となる。

リジィ
年若い聖国の魔法使い。能力の相性からビターとセットにされる。じゃじゃ馬娘。

ボンビーノ子爵家

ウランタ
ペイスと同い年ながらボンビーノ家の当主。ジョゼフィーネに首ったけ。

ジョゼフィーネ
モルテールン家の五女。ペイスの一番下の姉。ウランタの新妻。

ニルダ
元傭兵にして現ボンビーノ家従士。通称、海蛇のニルダ。

カドレチェク公爵家

スクヮーレ
カドレチェク公爵家嫡孫。垂れ目がちでおっとりとした青年。ペトラと結婚した。

ペトラ
フバーレク家の三女でリコリスの双子の姉。スクヮーレと結婚した。明るくて社交的な美人。

コウェンバール伯爵家

コウェンバール伯爵
外務閥の重鎮。カドレチェク公爵とは、時に手を結ぶ盟友、時に暗闘を繰り広げる政敵。

スラヴォミール
農政担当官。アライグマ系男子。

フバーレク辺境伯家

ルーカス
地方の雄として君臨するフバーレク家の当主。リコリス・ペトラの兄。

王家

カリソン
第十三代神王国国王。カセロールを男爵位へと陞爵させた。

CONTENTS

TREAT OF REINCARNATION

イラスト:珠梨やすゆき YASUYUKI SYURI
デザイン:ヴェイア Veia

第二十九章

イチゴタルトは涙味

日常の風景と四方山話

水ぬるむ春という言葉もあるように、赤下月にも入ると神王国は全体的に暖かな陽気に包まれる。日差しの強い日などは汗ばむほどであり、人々の活動も活発に動き出す。

神王国の南部辺境に位置するモルテールン領もまた、ここ最近は陽気にも恵まれて人の往来が常以上に活発になっていた。

賑やかな喧騒が街中に溢れ、華やかな装いの紳士淑女が闊歩するモルテールン領ザースデン。

そんな人々の様子を、部屋の中から見下ろす人影があった。

「平和ですねえ」

少年がぼそりと呟いた。

誰あろう、モルテールン家次期当主にして領主代行ペイストリー＝ミル＝モルテールンである。

呑気な、日向ぼっこでのあくびのような呟きに、傍に居た男が顔を顰めた。

「そんなことねえでしょう。どう見たら平和だなんぞとぬかせるんですかい」

青銀髪の上司に苦言を呈したのはシイツ＝ビートウィン。四十路のイケオジであり、所帯持ちのパパだ。モルテールン家従士長という重鎮であり、ペイスのお目付け役でもある。現状のモルテールン家では、面と向かってペイスに苦言を呈することのできる数少ない人間。

文字どおり大人と子供の年の差がある二人の間には、慣れ親しんだ阿吽の呼吸があった。

「戦争が起きているわけでなし、盗賊が襲ってきているわけでなし、外国人が暗躍しているわけでもない。実に穏やかではないですか」

「山一つ越えたお隣じゃあうちを狙って虎視眈々と軍備を整え、ついこの間聖国人にお宝を盗まれたばかりってのを勘案しないってんなら、そのとおりでしょうぜ。ついでに言やあ、聖国人に関しちゃ今もって火種が盛大に燻ってると来てる」

「実に由々しき事態ですね。対処する人は大変です」

「どの口で言ってるんだか」

「この口です。可愛らしいでしょう？」

ペイスは、自分の口を指さす。

「いや、憎たらしい。いっそ縫い付けておきてえぐれえだな」

「そんなことをしてしまうと、お菓子の味見ができないじゃないですか」

「する必要もねえでしょう。今まで散々作ってきてんだ。もう十分ってもんだろうよ」

「そうはいきません。まだまだ作りたいスイーツはいっぱいあるんですから。パイにケーキにマフィンにクレープ。パフェだって研究したいですし、タルトもまだまだ作っていないものがたくさんあります。これからももっと作っていかねば」

「ああ、そうですかい。タルトだろうが何だろうが、好きにすりゃいいでしょうぜ。俺に迷惑が掛からないなら」

やれやれ、と従士長は肩を竦めた。シイツは、鉄面皮のお菓子狂いに普通というものを求めるのは既に諦めている。

気の置けない二人の会話。そこに、扉をノックする音がした。

「どうぞ」

「失礼します」

部屋に入ってきたのは、中肉中背のぱっとしない男ダグラッド＝アラーニャ。モルテールン家では外務を一手に取り仕切り、外務長なる肩書で揶揄される古株の従士である。

「どうしましたダグラッド」

「はい、先日の放火についての情報がまとまったのでご報告に上がりました」

「ほう、聞きましょうか」

先日の放火とは、モルテールン家の王都別邸が放火され、隠匿していた龍の卵を盗まれてしまった事件を指す。

これについてはペイスの稚気もあり、盗まれたのは、親にも内緒でペイスが用意していた、龍の卵を模したイースターエッグだったということが後に判明。

また、ダグラッドの調べによれば、偽物が盗まれたことを隠し、国軍を巻き込んで大々的に王都でローラー作戦を行って、スパイを根こそぎ捕まえるという副産物も生んでいるとのこと。

転んでもタダで起きないのがモルテールンの流儀であり、聖国人の放火と窃盗を利用して、自分たち軍家閥の影響力を高めることに成功していた。

犯人も捕まえ、面目も立ったモルテールン家としては既に済んだことではあるが、ことがことだけに関係した各所との事後報告も多々ある。それを一切合切取り仕切っていたのがこのダグラッドであり、報告とはこれについてのまとめだ。

「結構大変だったんじゃないですか？」

「そうですね。特にレーテシュ伯との調整が難航しました」

「あのお姉さんが、また無茶を言いましたか」

「無茶を言うというよりも、何故自分たちも一枚嚙ませなかったのかと。自分ならもっと美味しい落としどころを用意できたと言っていました」

南部においては最上位貴族となるのがレーテシュ伯爵家。モルテールン家も南部に領地があるだけに、基本的には彼女の影響下にある。領地貴族としての立場を同じくし、南部閥として一派を形成するに一翼を担う両家は、原則として利害が一致する。交易にしても良港を持ち、海外にも権益を持つレーテシュ家は、モルテールン家としても協力する旨味の多い家であった。ほかにはない、モルテールン家の特産品たる菓子を、レーテシュ領を通して広める。双利共生の理想的な関係だろう。しかし勿論、モルテールン家としてもレーテシュ家に唯々諾々と従うような殊勝な心は持っていない。時には利害が相反して争う場合もある。

最近でいえば大龍の素材を巡ってひと悶着があった。競売という手段を通して利益を得ようとしていたモルテールン家に対して、その競売の客を狙って金貸し業に勤しんでいたレーテシュ家。人の店先で自分の店の呼び込みをするが如き所業に対し、苛立つ気持ちもあった。

かくの如き複雑な関係の両家である。今回の放火騒動と、それに関わる聖国の介入。更には外国勢力の暗躍に端を発して行われた軍家閥カドレチェク公爵派の勢力伸長に対して、レーテシュ家としても一言釘を刺しに来たという訳(わけ)だ。

自分であればもっとモルテールン家に美味しい思いをさせられた。つまり、お前たちはうちの味方だよな、という念押しである。

「女狐(めぎつね)が噛むとなりゃ、一枚どころか気づけば骨までしゃぶられそうですぜ」

「彼女は寂しがり屋なのでしょう。自分を除け者にしてお祭り騒ぎをしているのが、寂しいらしいですね。次のパーティーはお誘いするとしましょう」

レーテシュ伯は女傑(じょけつ)と名高い名領主であり、名政治家である。傑出した才能は神王国でも五本の指に数えられ、狐と揶揄されることも常だ。

そんな人物をごく普通に扱えるだけペイスも又、ひけを取るものでもない。ダグラッドなどはシイツとペイスの会話を聞いていてそう感じた。少なくとも、自分にはとてもできない、と。

「パーティーといえば、社交のお誘いも多く来ています。自分も幾つか預かってきましたが、どうしますか？」

「お誘い？　どこからですか？」

貴族の仕事の多くは人付き合いが絡む。外務を生業(なりわい)とするダグラッドにしても、報告しないわけにはいかない。

「目ぼしい貴族は全て。無視しづらい所でいえば、フバーレク家やボンビーノ家といった縁戚筋と、カドレチェク公爵やヴァッレンナ伯爵、ジーベルト侯爵といった国家中枢からのお誘いですね」

「少なくとも、リコリスの実家を無視する訳にはいきませんし、ジョゼ姉様の旦那を無視するのも後が怖いですよね」

「ええ」

フバーレク辺境伯家は、ペイスにとっては妻の実家。ボンビーノ家は実姉の嫁ぎ先であり同派閥の仲間。経済規模も相当に大きく、影響力も応分に大きい。機嫌を損ねるわけにはいかない家である。

「それに中央軍大将や内務尚書のお誘いを蹴るってのも、国に喧嘩を売るようなもんでしょうから。ペイス様ならやりかねないてのが怖い話ですが」

ダグラッドの言葉に、ペイスは片眉をぴくりと上げる。

「流石にやりませんよ。僕は平和主義者ですよ？　無闇矢鱈と喧嘩を売って回る人間ではありません」

「おうおう、そうでしょうぜ。坊は売られた喧嘩を片っ端から高値で買って回るだけでさあ」

ペイスの惚けた発言を、シイツが茶化す。ペイスにとってみれば叔父も同然のシイツである。ペイスが心外だと憤ったところで、シイツもどこ吹く風と平然としている。

「まあ、順番に片付けていくしかありませんね。王都に父様と母様が居る訳ですし、僕やリコリスがどうしても出なければいけないのはフバーレク家の招待ぐらいでしょう」

「ボンビーノ家の招待はどうするんで？」

「……行くしかないでしょうね」

不本意そうに溜息をつくペイス。

元々末っ子であることから、上の姉達にはとことん弄られてきたのだ。とりわけ、一番年の近いジョゼフィーネからはおもちゃ扱いで揶揄われてきた。

過去の経験からくる苦手意識はどうしても拭い難く、できることなら行かずに済ませたいという思いが溢れている。

行くべきであると頭では分かっていても、行かずに済ませられないかと考えてしまうのは業であろうか。

「国内の貴族からの招待はそれでいいですね。自分が返事を書いておきます」

「お願いしますダグラッド。……いえ、待ってください。今、国内の、と言いましたか？」

部下の言葉尻に不穏の匂いをかぎ取ったことで、返事を書きに戻ろうとしていたダグラッドをペイスが呼び止める。

「ええ。まあ。国内の貴族だけでなく、国外の貴族からもいろいろと招待が来てます」

「……ちなみに、相手は？」

「ちょっと待ってください。オース公国から八通、ヴォルトゥザラ王国からは確か……二十通ぐらい来てましたか」

「そんなに来てるんですね」

オース公国はペイス達の神王国の北にある国。ヴォルトゥザラ王国は、モルテールン領と山脈を隔てて西にある隣国である。

「今更若様に言う必要もないでしょうが、国外の貴族からの招待は、今までは無視してきました」

「そうですね。お家の外交方針がありましたから」

モルテールン家の従来の外交方針は、等距離外交。どの貴族とも仲良くなりすぎず、かといって疎遠になりすぎずという中立的立ち位置を模索していた。ペイスの父たるカセロールが【瞬間移動】を駆使する歴戦の魔法使いであり、その魔法を使って傭兵紛(ようへいまが)いなことをして稼いでいたことが原因だ。

傭兵ということは、助力を乞われて武力を行使するわけであり、国内の貴族が全て潜在的顧客である。と同時に潜在的な商売敵である。誰かに肩入れしすぎると、それと敵対する側からは傭兵の仕事が来なくなるわけで、できる限り国内貴族の中に敵を作らないようにしてきた。

それと同じ理由で、国外の貴族とは仲良くならないようにしてきたのだ。国外の貴族が敵対する相手となれば神王国貴族の場合もあり得る。まして傭兵ともなれば、率先して矢面(やおもて)に立たされるわけで、雇う側からすれば神王国貴族を使って神王国貴族を潰せるのだ。これほど美味しい話はない。下手に柵(しがらみ)を作れば、モルテールン家が潰れかねないリスクさえあった。

国外の貴族と仲良くなっても、モルテールン家の収入の柱がカセロールの出稼ぎである限りは厄介ごとの種にしかならない。そう判断して、今までは国外貴族との社交は避けてきた。

「しかし、最近は事情が変わったんですよね？」

「そうですね。父様と相談の上、外交方針を大きく変更しています」

現在のモルテールン家の外交方針は、積極的な同派閥重視である。

とりわけ、距離的に近しいレーテシュ領主家と、国軍に極めて強い影響力を持つカドレチェク軍家閥領袖は、軍事的にも友好関係が必須と判断した。何なら他の貴族に恨まれてでも重要な貴族とは友好関係を作る覚悟も固めている。

モルテールン家が軍事的にはよく見て男爵家相当であるにも拘らず、経済的にはそこらの伯爵家以上に裕福であること。爵位も上がって国内の政治的パワーゲームを動かす立ち位置を得つつあること。更には、領地運営が殊の外上手くいっていて、収入が右肩上がりで安定していることなどが、外交方針変更の理由である。

丸々太っているのに牙も持たない羊が居たら、腹ペコの狼の御馳走でしかないのだ。せめて牧羊犬ぐらいは用意しておかねば、食われておしまいである。犬に対して餌を少々与えるとしても、必要経費と割り切るべきだ。

「オース公国の貴族からの招待は、最上位のもののみを参加。他は今までどおりやんわりとお断りしましょう」

「ヴォルトゥザラ王国の皆さまは？」

「……今までとは状況が違いますので、目いっぱい慇懃無礼に返答を」

「良いのですか？」

「構いません。外交方針を変更した以上は隣国の、それも地続きで境を接する相手との関係性を邪推されるわけにはいきません。第一に神王国の同胞と絆を深めなければ」

「分かりました」

ヴォルトゥザラ王国の中にも神王国融和派が居て、そちらからモルテールン家に対して友好の手が伸びてきているのは確かだ。しかしそれを握ってしまえば、神王国の貴族からは疑いの目を向けられる。ペイスは、李下に冠を正さずと判断した。

「いっそ坊が返事を書きゃ良いんじゃねえか？　慇懃無礼に煽るのは得意でしょうが」

「僕が得意なのはお菓子作りだけですよ。他のことはあまり自信が持てませんね」

「どの口で言うんだか」

自分の本分はお菓子職人である。領地経営も貴族としてのふるまいも、お菓子作りの為の手段であると言い切るペイス。

いっそ一周回って頼もしいですぜと、シイツは溜息をついた。

「しかし、あるべきものがありませんね？」

「あるべき物？」

「ええ。聖国貴族……この場合は聖職者ですか、からの招待がありません」

「そりゃそうでしょう。放火しくさったばかりですぜ？」

聖国人がモルテールン家の別邸に放火し、龍の卵を盗んで逃げようとしたのは事実として確定していた。事件を外交的配慮で玉虫色に収めはしたが、感情的にしこりの一つや二つは残っている。

「だからこそです。モルテールン家とことを構えたくないのなら、自分たちに明らかに非のあることをやらかした以上、ご機嫌を取りに来るかと思っていたのですが」

「それが来てねえってことは、うちと一戦やらかすのも辞さねえってことですかい？」

「もしくは、うちが動かないと予想しているか。いや、この場合は動けない、と考えているのでしょう」

少しの間考え込んだペイスの言葉に、シイツは疑問を持つ。

「どういうことで?」

「龍の卵を、本物と勘違いしっぱなしだとすれば……先方から見て、うちは今、外交的にも大きく失点をしたうえ、面目を潰したことになっているはずです」

「……まあそうですか」

「そのうえ、カドレチェク家を巻き込んで王都で大きく軍を動かしている」

「ええ」

放火と窃盗騒ぎの後、モルテールン家はカドレチェク家を煽って王都を封鎖させ、スパイを根こそぎ除去した。物理的に。

つまり、今の神王国内の情勢は、聖国には上手く伝わっていない可能性が高い。少なくとも今までと同じ質での情報収集は不可能だ。

ならば、モルテールン家から盗んだ卵が、龍の卵だと未だに誤解している可能性も相応にある。

「失点を抱えて挽回できず、何なら王都で更なる失点を積み重ねたとなれば、当家が動きたくても動けないだろうと予測するでしょう」

「なるほど」

ペイスの意見に、シイツは頷いた。確かに、相手側から見た目線というのが不十分だったと。

「つまり、うちは聖国から舐められているってことですかい。どうせ大したこともできないだろうから、ご機嫌を取る必要もないと」

「そういうことです。ならば、そのまま舐めっぱなしで居てもらいましょう」

「良いんですかい？」

「実害もなくて益があるなら構いませんよ。どうせそのうち龍の卵が偽物だったと気付いて、慌てご機嫌を取り始めますから」

モルテールン家が聖国人に盗まれたのは、確かに龍の卵である。ただしそれは、イースターにかこつけた偽物の卵であり、龍の卵をイベントの為に模したものだ。御大層に盗んでいったが、いずれは偽物だったと気付くに違いない。そして、気づいた時には後の祭りである。

「えらく腹黒い話で。流石は坊」

「いえいえ。まだシイツには及びませんよ」

「よく言うぜ。お？」

政務がひと段落して、また四方山話が始まったタイミング。部屋の中に、ひらっと一枚の紙が現れた。

こんな突然にどこからともなく物体が現れるなど、魔法以外にあり得ない。つまりは、ペイスの父たるモルテールン閣下からの連絡ということだ。

床に落ちた薄っぺらいものを、拾い上げて目を通した従士長。その顔が一気に険しくなる。

「何ですか？」

「大将から、呼び出しでさあ。すぐにこっち来いって話で」

ペイスの顔が思わず渋くなった。

ドラゴンエッグの異変

モルテールン家王都別邸。

常日頃はひっそりと息を潜めるような雰囲気のある場所が、物々しい警備に囲まれていた。

警備しているのは、いつもは街の治安維持を担当する第二大隊の面々。常日頃から厳しい訓練を受け、実戦も何度か経験している精鋭中の精鋭部隊だ。数にして三百人程の猛々しい連中が、屋敷をこれ見よがしに取り囲んでいるのだ。素人目でもただごとでないと分かるだろう。

元々中央軍は、昨今の体制変革を受けて八つの部隊編成に改められている。本当に危急存亡の際に備えて、第一大隊は基本的に王都から動かないことを思えば、王家が抱えている実戦戦力の、中心となる精鋭の七分の一を動員していることになる。

幾らモルテールン家が有力な貴族であろうとも、明らかに異常な警備体制だろう。

父親に呼び出されて、王都まで【瞬間移動】してきたペイスは、まずこの過剰ともいえる警備体制に不審を持った。

「父様、一体何事ですか」

開口一番の質問が、やや詰問調であったことも、ある意味では驚きと不審の意味合いが強いのだろう。誰の目にも明らかな異常事態だ。至急の説明を求める気持ちは誰でも同じだろうし、ペイスも例に漏れない。

愛息子の疑問に対して、鷹揚に頷いたモルテールン子爵カセロール。

「実は、お前から預かった龍の卵のことでな」

先日、放火騒ぎのあった後に、改めて龍の卵はカセロールの手元に預けられていた。

それを使って幾つかの策謀が動いたりもしたのだが、いずれ王家に献上することになっている以上、モルテールン家としてもできる限りの防衛措置を行っていたはずである。

父親の顔色を見て、ペイスはある程度のことを察した。

「この物々しい警備は、龍の卵を守る為のものですか？」

「そうだ。カドレチェク閣下が一隊を預けると言われてな」

中央軍を動かしている以上、中央軍トップのカドレチェク公爵が何がしか関わっていることは明らかだった。

彼の御仁が精鋭部隊を預けてまで何をしようというのか。考えてみれば答えはすぐに分かる。龍の卵を守っているのだ。

「……つまり、例の提案をお採り上げになったということでしょうか」

「そうだ。お前の発案を受け入れ、王都内に盛大に噂がばらまかれた」

「噂が流れていることについては、ついさっき、ダグラッドから聞きましたよ」

放火犯が出た、窃盗犯が出た、とあえて大きく騒ぎ、軍を動かして検問による封鎖を行う口実とする。そのうえで、窃盗犯を捜索するという名目で大々的に人を動かす。

本来であれば不可触(アンタッチャブル)な場所にも、大義名分を掲げて堂々と捜査し、結果として外国のスパイが芋づる式に捕まったらしい。更には、スパイと繋(つな)がりのある貴族も結構な数で検挙されているということだった。

普段であれば、外国人と金銭の授受があるぐらいのことは罪でも何でもない。一定程度の金銭や財宝を対価に便宜を図る程度のことは、貴族であれば大なり小なり誰でもやっている。

しかし、今回は内々にではあるが国宝級に内定していた王家の宝を盗んでいる。これは流石に反逆罪にもなることであり、関わっていれば無罪などあり得ない。

などという実に都合のいい錦(にしき)の御旗(みはた)を手に入れた軍家閥は、今も主に外務系の貴族に狙いをつけて、追い落としにかかっている最中だという。

余計な藪(やぶ)をつついて蛇(ベイス)を出してしまった聖国は、外務系の神王国貴族の恨みも買ってしまったことになる。勿論、恨みの一部が聖国に向けられるにせよ、主たる憤怒(ふんぬ)は軍務系貴族に向けられるだろうが、年がら年中政争している間柄では今更だ。

「それで、こんな警備を？」

「いや、それとは別だ」

目下の厳重警戒態勢は、後ろ暗い所を探られている貴族たちの襲撃を警戒してのことかと思っていたのだが、あてが外れたペイスは一層怪訝(けげん)な気持ちになる。

「また卵が盗まれでもしましたか」

「まさか、そんなことをされてしまえば、私は面目丸潰れだぞ」

「では、何が？」

もしも、また卵を盗まれていたのならこの警備も分かるが、そうでもないという。

こうなってくると、如何にペイスでも理由が分からない。お手上げだ。

「……まずは、見てもらったほうが早い」

しばらくの間、何がしかの説明をしようと葛藤していたカセロールだったが、おもむろに動き出した。

ペイスを連れて、屋敷の奥に進む。

「ここだ」

連れ立って来たのは、お屋敷の中で最も厳重に守られている部屋。

ペイス曰く秘密の部屋、シイツ曰く悪趣味部屋、従士の間では金庫室と呼ばれる部屋だ。

壁は三重構造の上に金属板が挟み込んであり、窓もないという頑丈さ。物理的に屋敷が潰されたとしても、この部屋だけは残るだろうと建築者が豪語したほどの堅牢さを備えている。

また、貴重な軽金やモルテールン家のみで作られる龍金といった素材もふんだんに使われていて、魔法対策も完璧。

これらの対策は、放火事件を受けて更に強化されていた。

ペイスやカセロールでも、この部屋の中のものを盗み出すのは限りなく不可能と結論付けた部屋である。

コンコン、と部屋の分厚い扉をノックする。

するとくぐもった声の返答があり、合言葉を問われた。

「合言葉を」

「『手に剣を持ち、胸に誇りを持ち』だ」

「どうぞ」

がちゃり、がちゃりと、幾つかの鍵を開ける音がしたのち、ゆっくりと扉が開く。

「コアン、異常はないか？」

「……異常しかない、と答えたほうがいいですか？」

「いや、すまん。俺が間違っていた。例の異常事態以外は、問題ないか？」

「はい」

部屋の中から鍵を開けたのは、モルテールン家でシイツ従士長に並んで古株のコアントローであった。

明らかに警戒した様子で扉を開けるものだから、思わずペイスも身構えてしまったほどだ。

そして、カセロールとコアンの間のやり取りも気になる。

異常が起きている、と明確に認識している状況のようだ。つまりは、これこそ自分が呼ばれた理由なのだろうと少年は察した。

部屋に入ったところで、異常の原因はすぐに分かった。

「きゅう」

龍の卵があるはずの場所から、明らかに場違いな生き物の顔が覗いている。

大きさは、十センチほどだろうか。小ぶりのホールケーキ程度の大きさのように思える。

色合いは、鈍色（にびいろ）。シャボン玉でも膨らませたように、虹色と呼べる色合いが見て取れるものの、銅板でも磨いたような金属光沢も感じられるだけに、どこまでいっても非生物的な色合いにしか見えない。

姿かたちを言うのであれば、刺々しい頭のトカゲというのが相応（ふさわ）しいだろうか。

眼だけはつぶらでキラキラとしているだけに、愛くるしい雰囲気もある。

こんなもの、思い当たる単語は一つしかない。

「ドラゴン、ですね」

「ドラゴン、だ」

そう、大龍（ドラゴン）である。

しかも、よく見れば卵の殻が散乱しているではないか。二階から堅い地面に叩きつけても割れず、トンカチで叩いても罅（ひび）すら入らなかった卵が、割れている。

「これはまた、どういうことでしょう?」

割れた卵の殻が散らばっていて、どう見ても龍としか思えない小さい生き物がいて、おまけにその場所が人の出入りなど碌（ろく）にできない厳重管理区域とくれば、何があったのかを類推するのは容易（たやす）い。

誰がどう考えても、龍の卵が孵（かえ）ったと考えるのが至極当然だろう。

ペイスがどういうことかと尋ねたのは、卵が孵ったのかどうかを聞いているのではない。その先を聞いている。卵が孵った事実は事実として受け入れる。そのうえで、どういう過程を経て卵が孵るに至ったのかという説明を求めているのだ。

「さてな。これはと思う推測はあるが、確実ではない」

「なるほど」

壊すに壊せぬ不壊の卵が、如何(いか)にして孵ったのか。

元々、モルテールン家としては卵をそのまま献上してそれまでのつもりだった。卵を孵すつもりなど欠片(かけら)も無かったのだ。

故に、孵卵器を使うようなこともなかったし、卵を温めるようなこともしていない。

にもかかわらず、卵が孵化してしまった。

一体、何が原因だったのか。

明確な答えなど、カセロールも分からない。もしかしたらと思えることはあるにしても、不確かな推測をここで語っても意味がないと判断する。

問題なのは、卵が孵った原因ではない。孵ってしまった卵と、そこから生まれたであろう子ドラゴンをどうするかだ。

「きゅきゅ!!」

「気を付けろ!!」

ペイスが入ってきた辺りから、赤ん坊の動きが目に見えて活発になる。

尻尾を振りながら近づいてくる未確認生物に、ペイスは警戒を高めた。

一挙手一投足の間合いというのだろうか。その気になればすぐにでもゼロにできそうな距離まで、大龍が近づいてくる。

そして、そのままペイスに向けて飛び掛かった。

「ペイス!!」

「大丈夫です。ビックリしましたけど、問題ありません」

飛びついて来たものを、胸で抱きかかえるようにして受け止めたペイス。まるで鉄の塊でもぶつけられたような衝撃であったが、軍人として鍛えているだけに危なげな様子はない。

得体のしれない生き物。それも、散々に人間を食い散らかした巨大生物から生まれてきたと思われる生き物だ。いきなり襲い掛かってくることも十分にあり得るし、何なら毒を持っているかもしれない。

ペイスとて危険性は十分に分かっているが、それでもドラゴンとの接触ができるかどうかの確認は、誰かがやらねばならないことだ。

胸の辺りで受け止めた大龍を、じっと観察する。

「お？　意外と大人しいか？」

「父様、これはどうすれば良いと思いますか？」

「うむ、とりあえずそのままで良い。下手に刺激するなよ」

赤ちゃんドラゴンは、自分の顔の傍にあったペイスの指をペロリと舐めた。

食われるのではないかとヒヤヒヤしていたカセロールなども、そして物理的に舐められているペイスも、戸惑い気味だ。

「……ペイス、そのままそいつを撫でてみろ」

「噛まれた時は、助けてくださいよ？」

そのまま頭やあご、と思われる場所を優しく撫でるペイス。

大人しく撫でられるままになっている龍の様子を見ていたカセロールやコアンは、ほっと安堵の息を漏らした。とりあえず、ドラゴンが誰かれ構わず襲い掛かり、人間を餌にするような様子は見られなかったからだ。ペイスの指が齧られでもしていたら、ドラゴンを処分する可能性だってあったのだ。

最低最悪の事態は避けられた。いざという時は【治癒】の魔法が使えるペイスだからこそ果断にできたことだろうが、触れても大丈夫だろうと判明しただけでもお手柄だ。息子を呼んだ甲斐があったとカセロールは思った。

「しかし、お前にやけに懐いているな」

「この手の動物は、最初に見た動くものを親と思うはずなんですが、どういうことでしょう」

試しにとばかりに、コアンがそっと指を近づけようとした。

ペイスの時と同じようにゆっくりと動かしたにもかかわらず、赤ちゃんドラゴンは指から逃げるそぶりを見せる。ペイスの時とは明らかに違う反応だ。

コアンが、そのまま触れるまで強引に動かそうとしたところを、カセロールが止める。ここでペイスに懐いたというなら、下手に嫌がる真似をして人に危害を加えるようにしてしまうのは悪手だろうとの判断からだ。

息子が無事にドラゴンを抱き上げることに成功したことで、カセロールとしても王城まで運べる目途がついた。ならば、これ以上は王城に持って行って、他の連中に押し付けるべきだろう。

「そうですね、すぐにでもこの子をお偉い方々にお見せしないと」

その場の全員による満場一致で、厄介(やっかい)ごとの押し付けが決まった。

「しかし、いつまでもドラゴンと呼ぶのも拙(まず)いな。どこに耳があるか分からんのだし……」

目下、モルテールン家は多くの耳目を集めている真っ最中である。

そんな中で、『ドラゴン』だの『こどもドラゴン』などと、内容がモロバレの呼び方をして会話するのも拙い。誰が何処で聞き耳を立てているかも分からない現状。それでなくてもいろいろな人間が警備の為に出入りしているのだ。情報は、洩れると考えていたほうが良い。

そして、情報が漏れてしまったならば、何が何でも押し入ろうとする不逞(ふてい)の輩(やから)の数は倍増すること間違いない。

防げるものならば防いでおきたいと考えるのは当然だ。

「とりあえず、名前でも付けてみますか?」

「そうだな。何かいい案があるか?」

身内だけで通じる符号を使う手もなくはないが、それならばいっそ名前を付けてしまえばいい。

ポチやタマと名前を付けて呼んでいれば、会話が漏れてしまったところで犬猫のことだと勝手に勘違いしてくれるはずだ。恰好(かっこう)良すぎる名前はいけない。どんな生き物かと興味を持たれてしまう。

そう考えて、ペイスにドラゴン命名権を与えたカセロール。

しばらくの間考え込んだペイスは、おもむろに子ドラゴンに向かって呼びかける。

「じゃあ、ピー助で。あなたはピー助ですよ!!」

「ぴゅい?」

小さなドラゴンは、どこか嬉(うれ)しそうに鳴き声をあげるのだった。

秘密と合言葉と建前

ペイスに懐いた赤ちゃんドラゴンことピー助は、時間が経つごとに元気になっていくようだった。

ペイスの手に体を擦(こす)りつけてみたり、きゅうきゅうぴぃぴぃと鳴いてみたりと、庇護欲(ひごよく)を誘うばかりだ。とてもこれが最悪にして凶悪な、災害の親戚とは思えない。

「どうする?」

「どうすると言われましても……」

しばらくの話し合いの後に出た結論として、この動く愛玩生物をさっさと国の上層部に引き渡すということは決まった。このまま手元に置いておくのは、それこそ災厄を呼びかねないからだ。

カセロールが、一旦機密部屋を出て、着替えて戻ってきた。

軍人としての正装に身を包み、幾つかの勲章を示す略綬(りゃくじゅ)までつけているのだから、このまま国王と謁見しても問題ない状態である。

「お前たちはしばらく待っていてくれ。くれぐれも、そこの赤ん坊には気を付けて、目を離すな。分かっているとは思うが、〝いざ〟という時は躊躇うなよ」

「分かりました」

そして改めて部屋を出るモルテールン子爵。

機密のおいてある部屋は、特殊な金属に囲まれているため魔法が使えないのだ。カセロールが【瞬間移動】するのであれば、部屋から出るしかない。

カセロールが出たところで、部屋は扉を閉めて施錠される。

「ぴぃ」

「おっと、危ないですから大人しくしていてください」

ペイスがピー助を抱きかかえると、更に激しく体を動かすようになった。逃げようとしている様子はなく、嬉しそうに尻尾を振っているようにも見える。

「私もこの年まで生きてきて、ドラゴンの赤ん坊なんて初めて見ましたよ」

コアントローが、気安い雰囲気で話しかける。

「僕もです。長い人生の中で、初めてのことですね」

「私の三分の一程度しか生きてない若様に、長い人生というのもないでしょう」

「なら、生まれる前からも含めておきましょう」

「腹の中に居た時も含めて、まだ若輩ですな」

はははと笑うコアントロー。目だけはドラゴンを追って警戒しているが、やはり一人で監視し続ける時と比べて安心感が違うと感じていた。

幾ら腕っぷしに自信があったとしても、成体の龍が暴れた場面を知っていると、安心などできるはずもないのだ。

誰も見たことのない生き物。赤ん坊だからといって、尋常ならざる暴力を持ち合わせている可能性はあり得る。特に、魔法というものが存在する世界。理不尽な能力を生まれながらに有していたとしても、何の不思議もない。

「僕が若輩なのはそのとおりですが、それはそれとしていろいろとコアンも大変でしょう。特にこれからが」

「どういう意味です？」

ペイスの言葉の意味が分からずに、きょとんとするコアントロー。

「父様や僕は魔法であちこち飛び回ります。居場所を摑(つか)んだとしても、次の瞬間には遠く離れたところにいるかもしれない。それに比べるとコアンは居場所を確定させやすい。情報を得ようと考える人間が、誰を狙うかなんて明らかじゃないですか」

「そういう意味ですか」

「大変ですよ、これから。いろんな人が寄ってきますから。もし変な誘惑に駆られそうになったら相談してください。多分、間違いなく先方以上の待遇を与えられますから」

「今でも十分に過分ですよ」

しがない流浪の身であったのが、腰を落ち着けて妻を持ち、子宝にも恵まれた。今更、恩義も義理もあるモルテールン家を裏切るはずもない。そうコアンは断言した。

勿論ペイスもコアントローの心情を疑っているわけではない。あくまで世間話の軽口である。

「子どもも大きくなりましたし、そろそろ隠居を考えませんと」

「マルクがこの間成人したばかりじゃないですか。まだ下の子は未成年でしょう？」

「もうそろそろ成人です。息子たちの成人を見届けたら、思い残すこともないでしょう」

「いやいや、マルクの結婚まで見届けないと。意外と抜けているところがありますから、とんでもない女性を伴侶（はんりょ）に選ぶかもしれません」

「それはいけない。まだまだ隠居はできませんか」

「まだまださせませんよ」

はははと笑いあう二人。

しばらくとりとめもない世間話をしていたペイスとコアンだったが、部屋の外で人の気配がした瞬間は、身構えた。

「若様」

「分かってます。……合言葉を」

ノックの音が聞こえたところで、警戒しつつペイスが声を張り上げた。

「『手に剣を持ち、胸に誇りを持ち』。ついでに頭が痛くなるような迷惑息子を持っている」

「コアン、父様ではありませんね。怪しい人物です。父様ならこんなに出来の良い息子に、あんなことを言うはずがありません」

「そうですか」

コアントローは、さっさと扉を開ける。

勿論、扉の前に居たのはカセロールだった。

「お早いお戻りで。優秀な父親を持てて息子としては誇らしく思います」

「うむ、きちんと仕事を果たしてくれていたようだな。優秀な息子で嬉しいよ」

カセロールは、息子の頭に手を置いたままぐしゃぐしゃと動かし、ペイスはそれを迷惑そうにする。心温まる親子のコミュニケーションだ。

「それで、どうなりましたか？」

髪の毛を乱され、手櫛（てぐし）で何とか整えつつも尋ねるペイス。

「これから、陛下の所に行く」

やはり、というべきだろうか。

モノが、南部一帯で何百人も死傷させ地域に甚大な被害を齎（もたら）した大龍だ。それも、生きている大龍をそのまま捕らえているとなれば間違いなく歴史の重大事件。千年か、或いは万年に一度あるかどうかの、有史以来初めてのこととなる。

ことの重大性に鑑（かんが）みれば、最優先で処理されるべき事案だろうとは予想できた。

「いきなりですね」

「それだけことは急を要するということだ。このまま王宮に行く。お前たちも付いてこい。勿論、その龍の子も連れていく」

王宮にカセロールが出向くというところまでは、頻繁とは言えないまでも珍しいことではない。

そこにペイスがくっついていくというのも、まず過去にも経験したこと。稀ではあっても、あり得なくもない。

だが、一従士に過ぎないコアントローも付いて三人でとなると、やはりモルテールン家でも珍事と言える。

「そのまま国王陛下に謁見ですか？」

それ故、確認事項としてペイスが尋ねた。

コアンを含め、ペイスとカセロールも揃って王宮に上がり、国王に謁見する。これは神王国の儀礼として異常だ。

元々男爵位未満の貴族は、王宮に入ることすら煩雑な手続きを要する。ましてコアンは平民だ。国王陛下の顔を見ることすら、普通は許されない。

案の定、カセロールは謁見を否定する。

「いや、正式な謁見ではない。秘密裡に軍務尚書や内務尚書と会議をしているところに、陛下が視察に来ることになっているのだ」

あくまで謁見ではなく、会議中に〝たまたま〟視察があるという態らしい。

「思いっきり建前ですね」

「ことがことだからな。表立った記録には残せない」

何にせよ、既に先方の準備は整えられているという。

お偉い方々が待ち構えているというのなら、遅れて待たせるのも拙い。

「では行くぞ」

颯爽(さっそう)と先導するカセロール。

後ろからは、頭にドラゴンを被ったペイスが続いた。

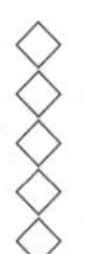

「こっちだ」

カセロールたちが【瞬間移動】で飛んだのは、王城の裏に当たる場所。通用門に該当していて、普段は食材の搬入などに使われる。

勿論、普通の人間が簡単に出入りできる場所ではない。手続きさえ正当ならばとりあえず通れる表門と違い、使用するにも厳格な身分チェックを済ませておかねばならない出入口。

番兵が常に複数人で守っている場所でもある。

「お話は伺っております、モルテールン卿」

「うむ」

挨拶してくる兵に対し、堂々と対応するカセロール。

通用口を入り、若干広めの庭を抜け、見慣れない建物への出入り口まで来たところで、身なりの立派な騎士が三名待っていた。

「モルテールン子爵家当主カセロール＝ミル＝モルテールンである。カドレチェク公爵閣下並びにジーベルト侯爵閣下への用向きの為、お通し願おう」

「少々お待ちを」

騎士が確認の為に幾らか動き回り、程なくして問題ないと判断された。

勿論、話が事前に通っているし、そうでなくとも騎士が三人も出迎えるというのは異常なことである。彼らの目は、ペイスの頭に乗っかっている、動く不審物に向けられていた。

不審物はごそごそと動き回り、騎士たちの視線から逃れるようにペイスの服の下に潜り込んだ。

「お通りください。ここからは私がご案内いたします」

「お役目ご苦労」

王城の中を騎士に先導されつつ、宮殿と呼ばれる本丸に乗り込んだところで、ペイスはきょろきょろと辺りを見回した。

「王宮に来るのも久しぶりですね」

「はぐれるなよ。お前のその服の下にあるものは、国宝級だ」

王城に来たタイミングで、ペイスは服の下のドラゴンを確認した。時折もぞもぞと動き回る為、見た目が非常に怪しい。

騎士に先導されつつ通された部屋。

大きな扉をノックすれば、中から返答があった。

入ってすぐにカセロール達を迎えたのは、頭の薄い老人だった。

「ジーベルト侯爵閣下、お忙しいなか、時間を頂戴しました」

慇懃に敬礼するカセロール。ペイスも同じように右手を握り込んだまま左胸に当て、コアントローに至っては更に膝を折った最敬礼である。

「構わないとも。卿の申し出が事実ならば当然のことだ。もうすぐ〝他の方々〟も来られる故、今しばらくお待ちいただこう」

「心得ました」

五人ぐらい座れそうな大きなソファを勧められたため、カセロールとペイスはそこに座る。コアンは二人の後ろに立ち、手を後ろに組んだまま姿勢を正した。


ややあって、ペイス達が入ってきた所とは違う位置の扉からノックが聞こえ、一人の男性が入ってくる。

「おお、モルテールン卿、先に来られていたか。ジーベルト殿もお待たせしたようで申し訳ない」

「カドレチェク閣下、お待ちしていました」

プラエトリオ＝ハズブノワ＝ミル＝カドレチェク。先代から跡を継いで中央軍で大将という地位にいる、軍家閥のトップ。公爵家当主にして王位継承権を保有する、国内屈指の大貴族である。

他の面々が自分を待つことを当然であるように振る舞い、また部屋の中の人間もそれを当然と受け止めて場が温まる。

「さて、一応〝全員〟揃ったということで、話を始めたいのだが……今お茶を入れさせている。もうしばらくお待ち願えるかな」

「勿論です」

公爵がやってきてからさほど間もなく、王宮の侍女がお茶を用意し始める。

ペイスなどは目ざとい為に気付いたが、お茶を用意する人間以外に、それを監視する役が居て、更には毒見役まで用意されていた。警護の騎士もピリピリとしているし、数も多い。

ここまで厳重に警戒しながら準備をしたお茶が、人数分より一つ多めに用意されている。それが意味することは、カセロールの言葉が真実であったということ。誰の為のお茶が余っているのかなど、ここにいる全員が知っている。

雑談すら大してしないうちに、公爵の入ってきた扉から、ノックもせずに男が入ってきた。供には騎士も連れている、身なりの一層豪華な男。

「陛下」

神王国十三代国王カリソン＝ペクタレフ＝ハズブノワ＝ミル＝ラウド＝プラウリッヒその人である。

国王が来たことで、全員起立して敬礼をした。

「楽にせよ、忍びである。たまさか時間が空いた故に視察に来たまでのこと。普段どおりに振る舞え」

「はっ」

勿論、ペイス達を含め全員が建前であることを知っている。

しかし、公式の記録を残さないという意味でもあり、この場のことはこの場にいる人間にしか漏れないということ。とりあえずは。

「カセロール、お前も元気そうだな」

「はい」

「息子のほうも変わりないか。こうして会うのは久しぶりであるな」

国王は、ペイスのことを覚えていた。次世代を担う若者の中では飛び切りに優秀であるとの評価もしている。

直接声を掛けられたことで、ペイスも答えを返す。

「陛下の御尊顔を拝する機会を得ましたこと光栄至極に存じ上げます」

「相も変わらず礼儀正しいな。構わん、この場では余に対する不敬を問わぬ故、もう少し気楽に振る舞え」

「では遠慮なく」

国王陛下の許しを得たということで、ペイスは目に見えて態度を崩す。それこそ、親戚のうちに遊びに来た子供のような気楽さである。

横に居た父親などは、主君の前にもかかわらず頭を抱えそうになった。

「お前という奴は……」

「ははは、実に素直だな」

「恐縮です」

一切恐縮しているそぶりも見せず、飄々(ひょうひょう)としているのだが、それは今回のような異常事態には心強い。

早速とばかりに、ペイスは懐(ふところ)から蠢(うごめ)く物体Xを披露した。

「それで、これが龍の赤ん坊か」

「はい」

きゅいきゅいぴぃぴぃと鳴きながら、ペイスのほうに近づこうともがく幼成体。警戒していた貴族たちの警戒度が若干ながら下がり、場の空気が多少和やかになる。

「暴れているが、大人しくさせられるか？」

「僕にくっついている間は大人しいようです」

非常に不本意である、と言いつつ、ペイスは龍が頭に上るのを放置する。

先ほどから何度か試してみるのだが、どうにもペイスから離れると暴れるのだ。

やむなく、そのまま話を続ける。

「なるほど、確かに今まで見たことのない生き物であるか」

「はい。例の卵から産まれたことに間違いないため、ドラゴンの子であると判断しました」

「卵が割れて産まれてきたというなら間違いなかろう。問題は、この子の処遇であるか」

「きゅい」

つぶらな瞳で国王を見つめるそれは、彼をして困難な代物(しろもの)だった。

重臣会議の貧乏くじ

ドラゴン事件、とあえて呼称するべき一連の騒動を受け、国王カリソンは文武の重鎮たちを呼集した。

集められたのはカドレチェク中央軍大将筆頭にヴェツェン中央軍参謀やスクヮーレ＝カドレチェク中央軍第一大隊隊長など軍人が十六名。モルテールン第二大隊隊長もここに含まれる。

そしてジーベルト内務尚書を筆頭に、財務尚書、農務尚書など内務系貴族が二十二人。更には外務尚書を筆頭にカールセン子爵やグース子爵、ミロー伯などの外務系貴族が十二人。

何よりも特筆すべきは、国王陛下の臨席のみならず、ルニキス第一王子も席についていることだろう。

部屋の中には近衛騎士が等間隔に居並び、給仕に控える執事や侍女を含めれば百人近い人数が集められている。

まさに、神王国の宮廷政治を動かす重鎮が集まっている場ということだ。

「では、始めよ」

彼らの主であるカリソン国王は、重々しく会議の開催を告げた。

その命令を受け、王族に近しい位置に座っていた老人が立ち上がって参加者を見回す。

「おほん、この度の会議に先立ち、不肖、私バルダッサーレ＝パイジエッロ＝ミル＝ジーベルトが陛下より議事進行を仰せつかりましたこと、先ずはお含みおきいただきたい。お集り頂いた諸卿には、忙しいなかご参集頂きましたこと御礼申し上げます」

堅苦しい内務尚書ジーベルト侯爵の挨拶から会議は始まる。この場の全員が何かしらの権力と発言力を持つ重要人物ばかりであるため、発言の細部まで気を遣うのだろう。

「お集まりいただいたのは、先の大龍禍において、諸卿に諮りたい事案が発生した為であります」

既に神王国のみならず南大陸の全土にわたって、伝説とまで言われていた怪物が現れ、人的にも物的にも大きな被害を与えたことは周知されている。況や、国家中枢部の人間ともなれば独自の情報収集も行っていることだろう。故に、今更過去の細かい話を説明するようなことはしない。

「諸卿もご存じのとおり、魔の森から現れた大龍は我が国に少なくない被害を齎しました。最も大きな被害を受けたルンスバッジ男爵領では人口の十分の七を失い、周辺の小領でも直接的、間接的問わず甚大な被害を受けております。目下復興の為に皆様にもご協力いただいているところであります」

集まった面々は、神王国の中でも大きな影響力を持つ者たちなのは先のとおり。無論、領地貴族としては四伯を筆頭に同じぐらいに影響力を持つ者はいるが、こと宮廷の中に限れば彼ら以上の貴族など居ない。だからこそ集められたというのもあるが、彼らにとっては大龍禍からの復興とて政治の一環。あの手この手で自分たちの利益となるよう画策しているわけであり、多かれ少なかれ復興政策に噛んでいる者ばかり。

「幸いなことに、陛下の御威光の元、大龍は無事に討伐されたわけであり、その結果として大龍の素材という恩恵を受けることになりました」

「カドレチェク公爵やモルテールン子爵ほどではないがな」

誰かの茶化した発言に、場の中から笑い声が生まれた。

先の競売を取り仕切ったのはカドレチェク公爵。モルテールン家との縁故から行った興行であったが、利益はとんでもないものになった。売り上げの一部をカドレチェク家にという約定で行われたわけだが、金貨を樽の個数で数えるような有様に公爵も驚いたぐらいである。

ましてや、実質的に利益の大半を得たモルテールン家は、お金が多すぎて使い道がないぐらいであった。この場の面々であれば、最早常識である。

「そうですな、モルテールン卿やカドレチェク公の計らいで、我々としても龍の恩恵を手にすることができました。とりわけ癒やしの力のある龍の肉と、軽金に変わる魔法素材の龍金は、我が国の国力向上という面でも大きく貢献したと思われます」

実際のところは癒やしの肉というのは風説であり、効果がないというのはモルテールン家内部の秘密である。勘の鋭いレーテシュ家や、思惑をこっそり聞いているカドレチェク家などは事実に気付いているが、秘密であることは事実。

一方、龍の鱗などから作られた合金は、龍金と名付けられて既に実用化されている。今まで魔法的な素材として重宝されていた軽金の、完全上位互換となる金属だからだ。あればあっただけ需要がある為、既に転売が三重にも四重にもなっているという状況である。

しかし、ここまでの話は状況の説明と前振り。本題はここからだ。

「さて、斯様な状況を皆さまご承知おき頂けたところで、実は更に新たな〝素材〟が発見されました」

「何⁉」

「また大龍が出たのか‼」

場が騒然とする。

モルテールン家が討伐したとはいえ、大龍の大きさや危険性は実例を以て明らかだ。男爵家が一つ実質的に滅んでいるし、そうでなくとも頭蓋骨が王家に献上されてより、広間に飾られているのだ。下手な一軒家なら丸ごと入りそうな口と、人の胴回りより太い牙が並んでいるのを見て、甘く見る人間は居ない。やはり伝説になるだけはあると畏怖する。

新たに龍が現れたとなれば、即座に国家総動員体制を取るべきであると、場がざわついた。

「ご静粛に。大龍が〝出没〟したというのは少々不正確であります。より正確には〝発生〟した、或いは〝誕生〟したというべき状況が出来しました」

騒がしくなっていた場が、困惑に包まれる。

「実は先ごろ、王都で放火騒ぎがありました」

一同は、落ち着きを取り戻しながらも困惑したままだ。

話がいきなり放火犯の話になるというのは、いささか筋違いのようにも思えたからである。

しかし、勿論この場の一部は、何故内務尚書が放火犯について言及し始めたのかを理解している。

「その放火犯は、とあるものを盗む目的で、貴族街の一軒に火をつけたのです」

この辺りで、勘の良い者はある程度全体像に見当がつき始める。

「そのとあるものとは？」

「放火されたのはモルテールン家の別宅、盗まれそうになったものとは、大龍の卵であります」

「卵!!」

「そんなものがあったのか!!」

今度こそ、場は大きな喧騒に包まれた。

龍の卵などというものが存在していたという事実にも驚かされるが、それが盗まれていたというのも大事件だ。いろいろな思惑が走り、ざわつく場内。

「静まれ!! 余の前で妄りに騒ぐな!!」

余りの騒がしさに内務尚書の制止も利かなくなっていたところで、国王カリソンが一喝した。

確かに、王の御前において私語を以て場を乱すなど、不敬極まりない。

そのことに気付いた会議参加者は、一斉に口を噤む。

「侯爵、続けよ」

「はっ」

内務尚書は、場が異常な雰囲気になったことで、こほんと一つ咳ばらいをしてから話を続ける。

「この大龍の卵は、討伐された大龍の排泄物の中から発見されたとのことで、競売に掛けられなかったのはその為であると、モルテールン卿の報告がありました。左様ですな」

「然り、そのとおりであります閣下」

発言を求められたカセロールが、衆目を集めながらはきはきと答えた。

「そこでモルテールン卿から陛下に対し奉り、龍の卵が献上される運びとなっておりました」

モルテールン家としても、今更多少の金を貰っても持て余すし、欲しいものも特になかった。ペイスの我がままを除いて。

故に、抱え込むこともせずに献上しようとしていたのは事実である。

「そこに、先にも申しました放火騒ぎがあり、龍の卵の献上については日を改めることとなっておりました」

ここで、何故か内務尚書も軽く深呼吸を繰り返した。

どうしてそこまで間があくのかと皆が訝しがるなか、ひと際大きく息を吸い込んだ侯爵が、気合を入れて話を再開する。

「然し……然しながら、日を改めて献上をとしていた矢先、卵が孵ったのです」

その場の全員が、息をのんだ。

「まさか龍の卵が存在し、かつそれが生きており、更には孵化するなどとは誰もが想像だにしておりませんでした。事の次第を知った陛下は、重大性を鑑みて諸卿を集められた、というのが本日お集まりいただいた経緯であります」

長々とした説明が終わり、侯爵は自分の席に座る。

そして、それと入れ違いになるようにしてカリソン陛下が椅子から立ち、皆を見渡した。

「説明ご苦労。皆、聞いてのとおりだ。龍の子供が我らの手に入った。龍の素材が値千金であることは既に説明のあったとおりであるが、今後、上手くすれば継続的に素材を入手できる可能性が出てきたのだ。しかし、余としても大龍の子どもなどというものを今後どう扱うか決めかねている。そこで、皆に聞きたい。如何様にすべきか。意見のある者は遠慮なく発言するように」

物が、前例などあるはずもない大龍の赤ちゃん。

龍の鱗や爪、或いは血といったものが極めて有用な資源であり、今も研究が進められていることを思えば、生きた大龍などというものは、上手くすれば宝の山である。

と同時に、今後下手をすれば先の大龍以上に災厄をまき散らす可能性も秘めている。先の大龍が〝最大〟である可能性よりは、それ以上に大龍が成長する可能性のほうが高いだろう。人の手で育てられた龍が、人に懐けば良い。しかし、懐きもせず、或いは人に恨みを募らせるようになってしまえば未曽有の大災害を育ててしまうようなものだ。最悪のケースを想定するのならば、国家滅亡もあり得る特大のリスクを想定するべきだ。

国王としても、軽々に判断できるものではない。王の着座よりしばらくの間の沈黙があって、集まった者たちが早速とばかりに意見を交わし始めた。

「すぐにも然るべき部署が引き取るべきです。有用さは疑いようもないのですから、国家の財産として管理するのが適当ではありませんか」

「どう育てるかも分からぬものを、どこが引き取るというのだ」

「国有財産というなら、財務の管轄でしょう。我々財務官が管理するというのが適当では？」

「いや、物が生物というなら、家畜として扱うのが適当ではありませんかな。となれば、農務の管轄です。我々であれば生き物については多少の知見もありますれば、お任せ願いたい」

「家畜として扱うというのなら、軍馬の扱いに準じてはどうか。それならば、軍の管轄だ。今はまだしも、今後どのように成長するかも分からん。暴れ出した時に迅速に対処できるよう、軍が監視下に置くのが正しいように思われる」

喧々諤々と議論が続く。

最初こそ、大龍の生み出す富を目当てに我こそはと綱引きをしていたのだが、軍が大龍の危険性を論じ始めたところで議論の流れが変わる。

「危険というのもどうだろう。今のところ危急に対処せねばならないものではないのだろう？」

「しかし放置もできますまい」

「生まれたての赤ん坊というではないか。それを今から恐れるのは、流石にやり過ぎではないか？」

「小さいからと侮るのもおかしいでしょう。どのような力があるかも分かりません」

「そうだな。万が一強力な力を持っているようなら王城に置いておくわけにもいかん」

基本的に、集まった面々は大なり小なり慎重さを持った人間だ。リスクを冒してでも大きな利益を貪ろうなどと言う人間は居ない。既にある程度の立場を得ていることから、階段を確かめながら上るような気持ちで議論を進め始めた。

となると、やはり未知の部分が不安を煽り始める。

大龍が、一飲みで何十人と人間を喰らったという話を聞けば、今は赤ん坊の大龍が、やがて人を食い始める可能性は無視できない。そして、大龍の成長速度など誰も分からないのだ。明日にも人間を襲い始めたとして、何の不思議があろうか。

危険性を考え始めると、未知なものというのは不気味でしかない。全員が、改めてリスクを避けようとし始める。

「ならばどこが預かるか？」

「誰に預けたところで揉め事になる」

「危険はできるだけ王都から遠ざけるべきだと愚考しますぞ」

「しかし、不測の事態が幾らでも考えられよう。いざという時に目が届かぬのでは話にならん」

利益に関しては脇に置くとしても、ある日突然暴れ出すかもしれない生き物ならばできるだけ王都から遠くに置いておきたいのは当然の理屈。

かといって、物はお宝そのものと言っていい資源の宝庫。頻繁に情報を得られなければ、出遅れて利益を逸失するかもしれず。

出来得ることなら、両方を満たしたい。

「モルテールン家か……」

誰の呟きであったのか。少なくともカセロール当人ではなかった。

確かに、モルテールン家であれば、元々大龍の対処をやってのけた実績もある。王都からも遠い辺境が領地であるし、領地の広さは申し分ない。何より当主のカセロールが【瞬間移動】でいつでも行き来できるので、何かあった時でもすぐに分かる。

幸いと言うべきなのか、カセロールはかつて傭兵稼業もどきで稼いでいただけに顔が広い。この場の誰にしたところで、モルテールン家とのパイプがあるのだ。

自分だけ先んじて抜け駆けはし難いとしても、自分だけ出遅れて利益を喪失する可能性も低い。危険なところだけ〝誰か〟に押し付けてしまえれば最良、と賢しい人間は考える。

「モルテールン家にとりあえず預けるというのは良い。今は何も情報がない状況だ。しばらく様子を見るという意味でも、モルテールン家に一旦預けるというのは正解ではないだろうか」

幾人かが、揃ってモルテールン家へ預けることに賛同した。

しかし、それぞれに思惑があるのだろう。

一旦預ける、などという提案が実に腹黒いではないか。カセロールなどは議論を聞きながら苦笑するしかなかった。

現状、どんなリスクがあるか不明なのが一番の問題なのだ。育て方や、将来の見通しがある程度たったなら、その時改めて懐に入れるかどうかを考えればいい。リスクが高いようならそのままモルテールン家に押し付けてしまえばいいし、リスクが低いようなら我こそが引き取って利益を貪れば良いのだ。

大方、そのような考えだろうとカセロールは看破した。しかし、対案があるわけでもない為、結局は議論のおおよそは決した。

「よし、それではとりあえずひと月。その間はモルテールン家に預けるものとする」

国王の決を以て、議題は決着した。

事件は会議室で起きている

神王国南部モルテールン領領都ザースデン。

常から騒がしいこの町に、非常招集がかかった。日頃は各村々に居るモルテールン家従士や、外務の為に他所の領地に行っている人間まで集められているのだから、集まった者たちは何事かと戸惑うばかりだ。

今もまた、困惑を胸中に抱えたまま集まった者がいる。

「お、トバイアム久しぶり」

「うっす。お前も呼ばれたのか？」

「全員集まれという話だろう。当たり前だ」

モルテールン家本邸で、モルテールン家外務長にして筆頭外務官のダグラッドが、馴染みのある武官トバイアムとばったり出くわし、挨拶を交わす。

日頃トバイアムは新村の治安維持の仕事を担っているし、外務官としての職務をこなすダグラッドは周辺各領に足を運んでいることも多い。二人が顔を合わせるのも久方ぶりのことだった。

「ぶひゃひゃ、それもそうか。お前の顔も久しぶりに見られて嬉しいぜ!!」

「げほっ!!　げほっ!!」

ガタイの良いトバイアムが、中肉中背の同僚の背中を叩く。多分に親しみを込めているのだろうが、手加減というものがド下手な腕自慢が叩くものだからダグラッドは思い切り咳込んでしまう。

「おっと悪い悪い。ところで、何で呼ばれたか、お前は聞いてねえか？　久しぶりに若手も含めて全員集合ってんで、俺はそれ以上を聞いてねえんだよ」

「いや、俺も聞いてない」

「何があったんだか」

「察しはつくけどな……当たるかどうか」

集められたことは確かだが、内容については聞かされていない。どうせ碌な事じゃないだろうという予想はあるが、そもそもモルテールン家において常識だとか当たり前というものが通用した試しがあっただろうか。

いつだって予想の斜め上を突っ走る、はた迷惑な人間が居たわけで、モルテールン家に勤めて長い二人は既に諦観の域に達している。

「まあ、その時になりゃ分かるだろ」

「そうだな」

なるようにしかならないと、深く考えても意味がないと諦める。モルテールン家の従士とは大なり小なりそうなってしまうもの。

屋敷の中を歩き、指定された大会議室の扉の前に立つ二人。

会議なので、ノックすることもなく扉を開けて中に入ろうとする。

「失礼しまぁすっと」

そして、部屋に入ることなく扉を閉める。

「失礼しました!!」

扉を慌てて閉めたトバイアムとダグラッド。

二人は、お互いに顔を見合わせる。

「今、見たか?」

「……見間違い……じゃねえよな?」

中年の従士二人。

固まってしまった両者に対して、若い声が掛けられる。

「おっさん、何やってんだ?」

「お前ら、早いな」

声を掛けたのは、若手の面々。

ヤント、アーラッチ、リースなどの仲の良いグループだ。どうやら連れ立って来たらしく、新人たちも引き連れていた。総数で十人弱。

モルテールン家は人材登用を積極的に進めていて、新人採用にも熱心だ。しかし、同じ新人であっても元々普通の村人だった人間と、将来の幹部候補と見込まれている人間で多少の差はある。

例えばアーラッチなどは、トバイアムの息子である。親譲りにガタイが良いし、頭も悪くないものだから、若手の中心人物となってまとめ役になっていた。

或いはヤント。彼もまたモルテールン家重臣のグラサージュを親に持つ。

馴染みの同僚の親だからか、或いは親の同僚だからか。元々口の悪い連中の中で育ったヤントなどは、トバイアム達年長者に対しても遠慮というものがない。モルテールンで生まれ育ち、親もモルテールン家の従士だったから、上下関係が緩いモルテールンの家風に染まり切っている。

それ故新人たちの先頭に立って、おっさんたちにも平気で文句を言う。

「扉の前にデカい図体で居られると、入れねえじゃん。もう一度聞くけど、何してんだ？」

「ちょっと、中で信じられねえもん見ちまってな」

「へえ、何だろ。俺も見てみる」

好奇心と冒険心の強い青年は、怖いもの知らずなのだろう。

「いや、待て、落ち着け。驚く準備をしとけよ」

「脅かそうったってそうはいかねえよ」

軽く口角をあげ、半笑いのまま扉を開けるヤント。

「失礼しま……した!!」

そしてすぐに閉じた。

「ヤべえ!!　何だあれ!!」

「だろ？　驚くよな？」

ヤントの後ろに居た若手たちは、よく見えなかったが一体何があるのかと好奇心を煽られる結果となった。が、同時に得体の知れない恐怖も感じるようになる。

微妙に中に入りづらいことになってしまった部屋。

雰囲気を壊したのは、部屋の中から発せられた少年の声だった。

「扉の前に居る皆さん、馬鹿な事やっていないで、さっさと入りなさい!!」

ペイスの声だ。

流石に、こうまではっきり命令されたら仕方ないと、部屋にどかどかとまとめて入る。

全員が全員、どこか不自然な方向に視線を向けながら、椅子に座っていく。しかも、ペイスから遠い位置から席が埋まっていくのだ。

一鐘分はゆうに時間が経ったとき、従士長とグラサージュが連れ立って部屋にやってきたところで、全員が揃う。

「それじゃあ、会議を始めましょうか」

会議の開始を、告げるペイス。

しかし、やはり場の雰囲気がおかしい。

「若様、その前に良いっすか」

「何でしょう」

不幸なことにペイスの傍に座る羽目になった森林管理長のガラガンが、おずおずと手を挙げる。

不機嫌そうなペイスに対して、仕方なくといった感じだ。

「頭に……のっけてるの、何すか?」

「……ドラゴンの子どもです」

頭、というよりは顔にというべきだろうか。赤ちゃん大龍がくっついていた。

何度かペイスが鬱陶(うっとう)しげに摑んで机に置こうとするのだが、どうあってもその場所が気に入ったのか、ペイスの顔にぺたりと張り付こうとする。

想像してみてほしい。至極真面目な気分で上司と向き合うと、愛玩動物もかくやという愛らしい小動物が、お尻フリフリと動きながら顔に張り付いているのだ。

勿論、大龍と戦った連中ばかりだ。どういう素性かも分からぬ生き物に、油断することはないだろう。だからこそ、頭で分かっている緊張感と、目の前の光景のギャップが皆を苦しめる。

主に、笑いを堪(こら)える方向で。

「ぴゅい」

「こら、僕の鼻を舐めない。食べ物じゃありませんよ!!」

悪戯坊主に悪戯する子龍(こりゅう)。

「ぶほっ!!」

「ぶひゃひゃひゃひゃ」

「あはははは」

「ひーふは、うはは」

それでいよいよ、緊張感は決壊してしまう。

集まった面々が、一斉に笑い始めた。

「不本意です。何で僕が子守をしないといけないのか。お菓子の材料は荒らす、寝床の布団は引き

ちぎる、離れろと言っても言うことを聞かない。いい加減にしてほしいですね」

「きゅきゅ？」

「だから、鼻を舐めない!!　全くもう!!」

機嫌の悪そうなペイス。それに反比例しているかのように、ご機嫌なピー助。

悪戯坊主が悪戯されているところなど、普段見ることがないだけに笑うなというほうが無理であろう。

こうなっては、しばらくの間収拾がつかなくなる。

「ごほん!!　今日集まってもらったのは、このドラゴンについてです」

ペイスが、大声で場を引き締めようとする。

一応はそれで皆気を引き締めようとしてはみるのだが、やはり子ドラのぷりてぃ加減とペイスの顰め面のギャップに、笑いが収まらない。

結局、会議が始まるまでにたっぷり十五分はかかってしまった。

「ああ、笑った笑った。それで、坊。議題はその妙なお面についてですかい？」

「ええ、この大龍についてです」

「大龍について、か。やっぱりそりゃ大龍なんですね」

「ええ」

ペイスは、王都の父から託された内容を皆に伝えていく。

大龍の卵を金庫に仕舞っていたら孵ってしまったこと。王宮に持って行って国家の重鎮たちが侃々諤々の議論を重ねたこと。現状では不確かなことが多すぎるため、未知の危険性を踏まえて王都から離す決定が為されたこと。諸般の経緯からモルテールン家に預けるのが適当であろうと判断されたこと。などなど。

「よって、しばらくの間、この子をうちで預かることになりました。その間の警備体制の見直しや、各所の作業割り当て変更について決めたいと思います。それが、今回集まってもらった理由になります」

今後についての作業分担変更が主たる議題。そうペイスが言ったことで、集まった面々は少々ざわつく。

「どういうことでしょう」

「この子を、万が一にも盗まれて……いえ、攫われてしまうことがあってはいけません。その為、各所の工事計画や拡張計画を一時凍結してでも、領内の治安維持、防諜対策を重点的に行う必要があります。故に、今後の人員について、割り振りを検討したいと思います」

モルテールン家に龍の子どもが預けられたという話は、王都からすぐにでも広まっていくことだろう。

となれば、遅かれ早かれ邪な連中がやって来ることは疑いようもない。

「じゃあ、グラサージュはしばらくザースデンに詰めるってのは決まりじゃないか？」

グラサージュは、領内の土木工事全般を担当している。最近は本村外での作業が多いため、治安維持の為に人手を戻すとするならまず真っ先に戻すべき人材だろうと、衆目の一致を見た。

彼は、土木関係を取り仕切る以前はカセロールと共に他所の荒事にも参戦していたのだ。腕っぷしの強さと弓の腕前には定評がある。他領からの流入者の対処というなら、他所の事情にも通じた腕利きという意味で、替えの利かない人材だろう。

「水路の浚渫はどうしますか？」

「少し手間になりますが、ザースデンから指示を出してください。連絡役にはザースデン自警団の子どもたちにやらせましょう」

「子どもたちに？」

「小遣いを弾むといえば、やりたい者はたくさんいます。伝言を伝える程度ならば可能でしょう」

グラサージュが本村に戻る代わりに、犠牲となるのは工事作業だ。ペイスとしては、ひと月程度の短い期間であるならば、綿密な工事計画さえあれば、遠隔から指示を出し、こまめに進捗報告を聞けば対応できると判断した。

「コアントローさんは戻せませんか？」

「コアンは王都で父様の傍に居る必要があります。王都の情報収集も担当していますし、ここで戻すわけにはいかないでしょう。今まで以上に王都の情報をこまめに確認する必要がありそうですから」

一方、グラサージュと並ぶ重臣のコアントローは、王都で固定の役割があるとペイスは断じた。イレギュラーな状況が幾らでも考えられるなか、その中心地となり得る王都での活動を減らすわけにはいかないとの判断だ。

「ダグラッドは本村に詰められますか？」

「自分ですか？」

「もし、既に訪問の約束のある所があれば、余程でない限り断ってください。謝罪の手紙は僕が書きますし、それで多少の詫び金が出ても許容します」

外交的に致命的でないなら、金で片を付けたとしても領内に人手を増やしたい。ペイスの意思は明確で、断固としたものだ。

「ラミトはどうしましょう？　一応、行商人見習いって態になってますよね。ここで戻すといろいろとバレますよ？」

外務官としては、もう一人替えの利かない人物としてラミトが居る。グラサージュの息子であり、ペイスとも昔からの馴染みの青年。モルテールン家としては貴重な、生え抜きの外務官として隠密で情報収集活動に当たっている。

ここで大々的に動かしてしまうと、今の行商人の弟子、という肩書が偽装であるとあちこちにバレかねない。これは流石に勿体ないのではないか、とダグラッドは意見する。

「……デココの所に詰めさせましょう。デココに病気になってもらって、その見舞いという名目であれば自然な形で戻せます。師匠の急病なら、慌てて戻っても不自然ではないでしょう」

少し考え込んだペイスであったが、何とかできそうな手を思いつく。

「なら、病名は〝慢性頭痛の悪化〟にしとけって話だな。若様がらみで不自然にもならねえだろ。ぶひゃひゃひゃ」

「トバイアム、冗談を言っている場合ではありません。……いっそ、本当に足の一本も折りますか？」

「流石にデココが可哀想でしょう。腹痛なら食中毒かって疑われるし、やるなら頭痛ってのは間違っちゃいねえでしょうよ」

「あと、若い連中は新村に集めておこう。ザースデンで見慣れない奴がいたらすぐに気づけるように」

「そうだな。出入口を絞ればやりやすい」

やいのやいのと議論は深まっていく。

大方の議論は出尽くし、結論をペイスが口にしようとした瞬間。

「それでは、割り振りを決定します。新村には……」

「ぴゅいぴゅ」

可愛らしい鳴き声に、思わず全員が吹き出すのだった。

師弟

ザースデンの中央部を通る大通りの一角。

モルテールン地域においてザースデンの領主館が政治の中心であるならば、経済の中心は大通りの終点にあった。

ここにはモルテールン家の物資貯蔵所と並んで最も大きな建物が建っている。モルテールン家御用商人デココ＝ナータの経営する、ナータ商会本店だ。

ただ単に一等地にあるだけではない。領主館を除けば最も高い建物でもあり、そして面積も領主館以外で最も広い建物。他の建物がこの建物を超えることはない。作ろうとしないわけではなく、作るための土地の確保で、モルテールン家による規制がかかっているからだ。

つまり後にも先にも、街で最も大きな民間建築物はナータ商会の建物ということ。モルテールン家が興隆する以前から付き合いがあったからこその、超が付くほどの優遇措置を受けているわけだ。

そんな大きな建物。荷馬車が直接出入りできるような作りになっているところに、一台の馬車がゴトゴトと入っていった。

商会の建屋内に馬車が停められ、一人の青年が降りてくる。ひょろりとした体格で、こげ茶色の髪は帽子に仕舞われていた。

年若さが垣間見え、その割にナータ商会には親しんでいるようにも見える。

モルテールン領を中心に活躍する行商人デトマール＝シュトゥックだ。

彼は、商会の人間としばらく会話した後に建屋の中へ案内された。

通されたのは、執務室や応接室ではない。商会の主が私室として使っているプライベートな部屋だ。

「デトマールじゃないか」

「師匠!!」

デトマールの顔を見た瞬間、部屋の主であるデココは破顔した。

自分が手塩にかけて育てた初めての弟子がデトマールである。行商人としての知識を教え込んだ愛弟子が、元気そうな姿を見せに来たというなら喜びもするだろう。

デココは、〝ベッドに寝たまま〟デトマールを部屋に招き入れる。

横たわったまま笑顔を見せる師匠に対し、デトマールのほうは渋い顔を作った。

「師匠、聞きましたよ」

ベッドの脇にあった丸椅子に腰かけながら、デトマールは師に対して苦言を呈する。

「何をだ」

「病気なんでしょう。急に倒れたと聞いて、俺もビックリして。こうして無事な姿を見るまでは、心配で心配で」

デトマールは、日頃は神王国南部を中心に行商している。ボンビーノ領で果物を仕入れたかと思えばそれをレーテシュ領で船乗りに売り、果物を売った金で舶来品の綺麗（きれい）な布地をたっぷりと買い付ける。買い付けた布は行く道々で農作物と交換しながらモルテールン領に足を運ぶ。モルテールン領では余った布や農作物を売って、お菓子を買い込む。そしてまた他の領地にお菓子を売りに行く。といった感じであちらこちらをぐるぐると回りながら商売をしているのだ。

それを今回、道中の商売を二の次にしてデココの下まで駆け付けたのである。勿論、空荷で来るはずもなく商品は積んできたのだが、今回の品は少なからず冒険していた。師匠を見舞うために不正規（イレギュラー）な行商ルートを取らざるをえなかった故だ。多くの行商人の行商ルートから外れるルートというのは、外れるだけの理由があるもの。

しかし、そんなリスクのある商品を運んできたようなそぶりは少しも見せない。師匠に対して、弟子の見栄である。自分は上手く商売をやっていますよと師匠に見てもらうのは、弟子としても自尊心を満たす喜びである。

「心配して、駆け付けてくれたわけか。それは嬉しいな」

「胸を患ったという噂でしたが、その様子だと本当のようですね」

デトマールが行商の途中で聞いたのは、ナータ商会の会頭が胸患いで倒れたという情報だった。出入りの問屋から聞いたため情報の確度は疑う由もなく、こうしてみても噂の信憑性を高めるばかりだ。

胸の患いというのは、現代的に言えば肺結核や肺炎を指すことが多い。悪くすれば肺がんや心臓病という可能性もある。総じて胸の辺りが明らかに不調を訴える病気全般のことだ。

風邪なども喉や鼻に次いで肺を痛めることがある為、この世界では基本的に胸を患ったなら安静に寝ているように指導される。

ベッドに長く寝かされているというのなら、胸を患ったというのも一層信憑性が出てこよう。

「ははは、お前がそう思うのも無理はない。しかし、大事ない」

「ベッドに寝ていて、そうはいかないでしょう。俺の前で無理は要らないですよ？」

弟子としては、師匠には強がってもらいたくはないのだ。まだまだ教わりたいことはいっぱいあるし、それでなくともナータ商会が揺れてしまえば自分の行商ルートの支柱が崩壊する。情としても利としても、無事でいてほしいというのは本音である。

もしも治る病気だとするのなら、もしかすれば自分が何かの役に立てるかもしれない。師をよく知る弟子だからこそできることもあるだろう。だからこそ、無理をしてほしくはないし、強がってほしくもなかった。

そんな弟子の心配そうな顔を見て、デココは一層笑みを深める。

「そうじゃない。これは仮病なんだ」

「仮病？」

「ああ」

いよいよもって面白く感じたのだろう。呵々大笑するデココ。それに対して、首を傾げるのは弟子である。

「どういうことですか」

「お前も、王都で結構な騒ぎがあったことは聞いているか？」

目尻に溜まった涙を拭いつつ、笑いの収まったデココは弟子に向き合う。

「勿論。情報が商人の命だって教えてくれたのは師匠でしょう。抜かりなく確認してますとも。王都が一時期封鎖されてたって話でしょう？」

「そうだ」

教えたことを覚えているようでよろしいと、頷く師匠。

「行商人の積み荷を、樽の中に棒を突っ込んでまで念入りに調べてたと聞いてます。それで何人か、怪しい商品を運んでたのが捕まったらしいですね」

先ごろ、王都は完全に封鎖された。その際の検問は徹底的であり、行商人は積み荷の隅々まで調べられる羽目になったのだ。デココもデトマールも、王都方面は商圏に入っているため、知らなかったでは済まされない情報である。

「ああ。ナイリエの『魚屋』ドーラ、グロンズ商会若手のジーズン、レーテシュバルの『大ぼら吹き』スッツ。捕まって牢屋に入れられたのはこの三人だ」

有名な商人とは、仲間内では二つ名で呼ばれる。商人の大半は平民で、家名すら持たない者も多いからだ。似たような名前も多く、ともすれば同じ名前というのも珍しくない。

例えばデココという名も、ディエゴやデーゴといった名前と混同されやすい。他の人間も似たようなものだ。覚えやすい名前はプラス面もあるが、混同されてしまいやすいマイナス面もある。

それ故、特徴をとらえて二つ名や屋号が付く。自然と生まれた風習のようなものだ。

ちなみに、デココの場合は『お菓子屋』や『甘党』である。

「名前まで分かってるんですか!!」

「情報は商人の命だと教えただろう」

デココは、からからと笑った。流石に、流浪の一行商人に情報面で劣るようでは、南部屈指の商会など経営できない。

ナータ商会は、モルテールン家の情報収集についても一翼を担っている。勿論、指揮系統に組み込まれているわけではなくあくまでも協力という立場だが、モルテールン家とべったりのナータ商会としては最上位のお得意様に便宜を図るのも当然である。

商会として集めた情報を、モルテールン家に流す。そうすることでモルテールン家の庇護の対価とする。そして、逆もまた然り。ナータ商会がモルテールン家に出来得る限りの協力をする以上、モルテールン家もナータ商会に便宜を図ってくれるのだ。

王都では、モルテールン家は独自の情報網を築いている。元傭兵を抱えるだけに裏社会にまで顔が利くし、金は腐るほど持っているのだ。ゴシップから貴族の醜聞まで、いろいろな情報を集めているし、ナータ商会はそんな情報を利用して利益を生む。生んだ利益の一部はモルテールン家に還元されるという、双利共生な関係性。軍事機密でもない限りは、デコの耳には王都の情報が逐一届くのである。

「『魚屋』は、主に魚介類の加工品を王都に卸す商売をしていたが、魚に紛れて盗品を運び込もうとして捕まっている」

「盗品？」

「ナイリエでは、ごく稀にだが底引きの網に魚以外が引っかかるらしい。海賊被害が頻発していたせいだろうが、船の積み荷だったと思しきものが引き上げられるらしいな。それを引き取って王都で捌こうとしていたらしいが、どうやらブツが過去に貴族の家から盗まれた貴金属だったとのことだ」

ボンビーノ子爵領の領都ナイリエは神王国でも一、二を争う天然の良港であり、行き交う船舶の数もかなり多い。特に鮮魚の水揚げという面では一日の長を持ち、王都に流入する魚介類の多くはナイリエから運ばれたものだ。地理的にも、そして街道を押さえる流通面でも、他の港ではそうそう太刀打ちできない。

それ故に、ナイリエから魚を商材として運ぶのは手堅い商売だ。行商人も含めれば、何十人もの商人がこの商売に関わっている。

だが、手堅いうえに参入者が多いということは、利幅はとても小さいことを意味する。仲間内では、ちまちまと小銭を稼ぐみみっちい商売、と罵られがちでもあった。

どこかで一発大きい商売をしてみたい。ナイリエや王都で魚に関わる行商人は、大なり小なり同じ思いを抱える。

つまり、出所の怪しい高額商品をこっそり運んで、モノを捌きやすい王都で処分して儲けよう、などという誘惑に駆られやすい状況があった。

「へえ、それは運が悪かったですね」

恐らく盗品と思われるものを買い叩き、王都でさも出物だったものを買い取ったように見せる。盗まれた貴族としては有難いだろうし、秘密裡に取引するのも嫌がらない。何なら、盗まれていた事実をなかったことにする工作まであり得る。あくまでも善意の第三者として買い取ったのなら、罪にも問いにくい。売り手も買い手も、秘密を秘密のままにしたい動機があるのだ。盗品売買というリスクの割には、比較的安全な交易と見込んでいたのだろう。

だが、よりにもよって王都で厳重な検問が敷かれているタイミングで盗品を持ち込むのは拙かった。捕まるのも仕方ないと、デトマールも頷く。

「グロンズ商会の奴は、若手がこっそり抜け荷を企んでいたようだ。王都で関税の掛かる金塊を二重底に隠して持ち込もうとして捕まった。商会の上のほうは知らなかったという話だから、若い奴の単独犯だという話だ。ただし、細工に手が込んでいたから、初犯ではなさそうだとして取り調べられている」

金(きん)はいつの時代も高い資産価値を持つ。隠し財産を持とうとする連中は、限られた資産を空間的に圧縮する為に金を買う。これをこっそりと持ち出してしまえば証拠隠滅も容易い話となる。

だからこそ、王都では金の出入りには厳重な監視がある。現代でも国を跨（また）いだ貴金属の移動に制限のある国が存在しているように、神王国でも金を持ち出す場合や持ち込む場合、かなり厳重な手続きと、高額な関税を課せられるのだ。

これを利用し、こっそりと金を持ち込めば、相場通りに売ったとしても税金の分だけお得である。デココも知っている程度にはありふれている違法行為だが、金の密売というのは昔から取り締まる側も警戒するもの。若い人間はその辺の知識に乏しかったのだろう。よりにもよって、といったところか。

「よくそこまで知ってますね」

「まあな。王都の情報はいろいろなルートから常に最新のものを集めている。ああそうそう、『大ぼら吹き』の奴は他所（よそ）で下手（へた）を打って、詐欺で手配中だったらしい。多少顔形を変装していたらしいが、検閲が急に厳しくなったところでバレた。女に化けていたらしいぞ」

「流石ですね」

女装していたというところでデトマールは驚いた。

大ぼら吹きの異名を持つ男は、商人の間ではそこそこ有名な詐欺師である。いや、詐欺まがいの商人である。嘘も平気でつくために信用をなくし、信用がないためにまともな商人は相手にせず、その為にまともな商売からはどんどん離れていっているという噂の男。

いよいよ性別まで偽ったのかと、笑いたくもなるだろう。

「斯様に王都の検問が厳しくなったのは、勿論モルテールン家が関わっているわけだ」

「やっと本題ですか」

「ああ」

　さて、とばかりに居住まいを正すデココ。

「検問が厳しくなった理由なのだが、どうやらモルテールン家の持っていたものを、盗んだ奴が居たらしいんだ」

「モルテールン家から泥棒？　凄いですね」

　天下に名高い悪童を擁する、国内屈指の実戦派貴族家を敵にする。自殺願望でもないとできることではないとデトマールは驚く。

「それで盗まれたものは取り返したんだが、そこから少々トラブルがあってな」

「モルテールンは本当に来るたびに変なことが増えてますよね」

「それには同意するが、今回は飛び切りだからな」

「飛び切り？」

　ただでさえ非常識な連中の、飛び切りというネタ。これはどうあっても聞かざるをえない。

「一応、大げさに言って回るなと釘を刺されているからそれを踏まえて聞いてほしいが、実は龍の卵が見つかったのが発端らしい」

「え？」

「しかも、それがどうやら孵って、赤ん坊のドラゴンを育ててるとかどうとか」

「本当ですか？」

「情報の出所は確かだ」

なるほど、それなら王都で騒動の一つや二つ起きるだろう。

龍の卵というなら献上品になるのも納得だし、さらに卵が盗まれる騒動が起きたというのなら王都の検問も当然の措置だろう。

だが、それとデココの仮病に何の因果関係があるのか。弟子は話の続きを促す。

「私がこうして寝ているのも龍の関連でね」

「何があるんですか？」

「お前の弟弟子になるラミトというのが居るだろう。あれは実はモルテールン家の人間でね。他領で活動する建前としてうちの看板を貸していたのだ。その彼を含め、協力員もモルテールン家に呼び戻して、警備に当てるそうだ。いきなり大勢が一斉にモルテールン家目指して移動すれば目立つから、ラミトさんが戻ってくる理由として、私が病気になったという訳だ」

薄々感じていたことではあるが、やはりという気持ちになる暴露(カミングアウト)である。

ラミトなる弟弟子ができたことは大分前から知っていたが、生まれから言ってもモルテールン家と強い繋がりがあることは自明だった。あれだけ身内に対しての情が深いモルテールン家で、長年尽くしてくれている従士の子どもを、そう簡単に見放すはずもないとも思っていた。

実はモルテールン家の人間でしたと言われても納得だし、他人の目を欺くために行商人を装っているというのならナータ商会としては協力も当然と思える。

モルテールン家とは関係ないはずの人間を急遽（きゅうきょ）呼び戻そうと思うなら、隠蔽情報（カバーストーリー）に協力するデココから呼び戻したほうが良い。呼び戻す理由として、デココが病気で倒れたというのなら不自然さもない。一連の話に、心底納得したデトマールは、深く頷いた。

「なるほど、俺が噂を聞いて会いに来たみたいに、ですか」

「そうだ」

「理由はよく分かりました」

王都で騒動があって封鎖があった件、そしてデココが寝込んでいる件が、実はモルテールン家という存在を介して繋がっていること。更には、その裏に龍の子というものの存在があること。今もって、警備を厚くせねばならない状況にあること。などなど。

デトマールは、おおよそ必要なことは理解した。

そこで、ふと思いつく。

「それなら、ちょっと売りに行ってきます」

デトマールは、かなりニヤついた顔になる。どうやら、自分が仕入れてきた物が、無駄にならずに済みそうだとの見込みが立ったからだ。

「何を？」

「とっておきのフルーツを仕入れたんです」

弟子の得意げなドヤ顔に、一抹の不安を覚えるデココだった。

ストロベリー

若き行商人にしてモルテールン家御用商人デココの弟子デトマールは、モルテールン家の領主館を訪ねていた。

この屋敷はモルテールン領の政治の中心だけあって来客は多く、身分的に低いデトマールは朝方に訪ねてから昼過ぎまで待たされることになる。

これでもデココの顔を立てて優先してもらっているほうなのだが、待たされる側としては忍耐と膀胱(ぼうこう)が試される時間でしかない。

「待たせてしまいましたね」

長い時間を待たされた挙句の果て、ようやく応接室に呼ばれたデトマールは、笑顔の少年と相対(あいたい)する。

「いいえ、お時間を頂戴し、感謝いたします。ペイストリー＝モルテールン卿におかれましてはご健勝の御様子何より幸いのことと存じ上げます」

「堅苦しい挨拶も結構ですが、僕は見てのとおりの若輩者です。それに、僕とデトマールの仲じゃないですか。どうか気楽にしてくださいね」

「は、ありがとうございます」

気楽にしろと言われたが、それで本当に気楽にできるなら世話はない。

モルテールン家のペイストリーといえば、デトマールも何度となく煮え湯を飲まされた名うての交渉人である。ほんわかした口調であったり、大人しそうな美麗な容姿であったり、或いは十代そこそこといった年であったりに騙されてはいけない。

いつ何時、言葉尻をとらえてむしり取ってくるか知れたものではないのだ。最大級の警戒を保ったまま、顔だけは笑顔で挨拶するデトマール。

「突っ立っているのも疲れるでしょう。どうぞ座ってください。今、お茶を入れさせましょう」

お茶が来ると聞いて、少々ながらデトマールの体が強張る。いささかながら、下腹部の張りに不安を感じていたからだ。四半日を待たされていたからこその生理現象だが、我慢を強いられそうだ。

しかも、お茶が出てくるまでが早かった。お茶が出てくるまでに用事を済ませておいて、最後の一服というわけにもいかないようだ。

やむなく、口を湿らせる程度に手を付けて、慌てて本題に入ることになる。

「実は、モルテールン家にお買い上げ頂きたいものを持参いたしました」

デトマールは行商人である。元々モルテールン家とは親しくしており、応分に信用を培っていた。出入りの行商人としては先代となるデココから引き継いだ信頼でもあり、短い期間とはいえデトマール自身が培ってきた信頼でもある。

積み重ねた信頼関係があるからこそ、ペイスとしてもデトマールの話の裏を疑ったそぶりは見せない。まさかここに来て、例えば偽物の美術品などを売りつけようなどとは考えないだろうという目算だ。

「ほほう、それは当家の利益になるものでしょうか」

「勿論です。必ずやお買い上げいただけるものと思っております」

デトマールは、精いっぱいの勇気でもって胸を張り、自信ありげに断言して見せる。

貴族の利益などには詳しくないが、今までの経験と知識から、間違いなくモルテールン家の、もっと言えばペイストリーという少年の、欲しがるであろう物を持って来たという自負があった。

「期待しましょう。物はどこにありますか？」

ぱっと見た限りでは、デトマールは手ぶらだ。物が小さな宝石とかであればここで披露してもらうこともできるだろうが、まずは現物を見てみないと商売の話などできない。

「お屋敷に来る際に荷馬車に積んでまいりました」

「では、物を実際に見たほうが早いですね。一人つけますから、サンプルを持ってきてください」

「はい」

〝サンプル〟を持ってこい。

ここまでの会話の中で、既に多くの情報をペイスは抜き取っていることを示している。

元々情報を集めていたのか。或いは何がしかの手がかりから類推したのか。

「ああ、それと」

「は？」

「〝生理的な用事〟があるなら、済ませておいてください。落ち着いて話ができたほうがよいでしょう」

「うぇぇ⁉　はい、あの、分かりました」

自分の立ち居振る舞いが実に細かく、そして正確に把握されていたことを知り、デトマールは改めて、モルテールン家次期当主の底知れない実力に驚愕するのだった。

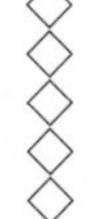

「なるほど、これはこれは」

机の上に広げられた商品サンプル。それは硬貨ほどの大きさの粒状だった。

ころんころんと幾つか転がっているものを手に取り見分するペイスに対して、デトマールは自信ありげに売り文句を口にする。

「そうです、珍しいベリーでしょう」

然して、商品はベリーだったのだ。干して水分を飛ばしてあるが、特徴的なつぶつぶの見た目や果肉の色合いは変わらない。

元々モルテールン領では水気に乏しく、井戸の周りで作るベリー類が唯一まともに栽培できるビタミン源だった。十年ほど前までは。

今は違う。貯水池を大々的にこしらえ、しかも雨が降るようになったことでベリー類も大々的に栽培するようになり、なんなら自生しているものを見つけるようにもなったという。

モルテールン領にちょっとでも詳しい人間であれば、或いは過去のいきさつを少しでも調べた人間であれば、誰でも分かる話だ。

だからこそ、行商人と呼ばれる連中はベリーをモルテールン領まで運んでくることはない。元々モルテールンで採れるものを手間暇かけて運んでもなかなか売れるものではないし、相場どおり売れたとしても、運ぶ手間賃分だけでも大損であるからだ。

しかし、デトマールほどモルテールン領を、そしてモルテールン家の内情を熟知していれば、別の選択肢も生まれるというもの。

半分博打（ばくち）のような気持ちもあった。しかし、ビルベリーやクランベリーのようなものならともかく、モルテールン領で栽培も自生もしていないと思える珍しいベリーであれば勝算ありと考えたのだ。

ここで、実はこれはうちでも作っていますとでも言われた瞬間、デトマールは大損確定である。

じっと、ペイスの様子を見つめるデトマール。

そしてふっと、ペイスとデトマールの目が合った。

「これはストロベリー……いちごですね」

ペイスは、この〝珍しいベリー〟を知っている。

神王国では確かに珍しいが、現代日本であれば最もよく知られているベリーである。

英語名をガーデンストロベリー（Garden strawberry）。近代の栽培品種としてはオランダイチゴとして知られる赤いフルーツだ。

「あれ？　ペイストリー様は知っておられたのですか？」

「ええ。しかもこれはある程度品種改良されているような雰囲気ですね」

元々、イチゴというものの野生種は存在する。ペイスも幾つか取り寄せて、試験的にスイーツにしたりもしていた。

しかし、ペイスのよく知るイチゴとは、何百年もかけて品種改良を積み重ねてきたものである。どうあがいても手に入らないだろうと思っていたが、どうやら違ったらしい。

「ええ、そのとおりです。とある場所でしか取れないからと、なかなか出回らない珍味でして、自分がこれを手に入れたのも偶然です」

「とある場所？」

ペイスが身を乗り出す。

これは手ごたえあったかと、デトマールはひと安心だ。

「その場所は秘密ってことで教えてもらえませんでしたが、神王国内にあるらしいですよ」

「神王国内、ですか」

じっと考え込むペイス。

恐らく、このイチゴの出所を考えているのだろう。デトマールは、そのままセールストークを続ける。

「ええ。馴染みの商会でも裏を取ったので間違いないです。極々稀(ごくごく)に、持ち込まれることがあると」

「持ち込み？　売り込みではなく？」

おっと、ここは念押ししておいたほうが良いか、とデトマールは姿勢を正す。

商会において、持ち込みと売り込みは大きく違う。何が違うかといえば、一つは信頼度だ。

持ち込みとは、売りたいものを商会に持ってきて、買ってほしいと依頼すること。売り込みとは、商品を持ち込んだうえで幾ら幾らで買いませんかと持ちかけることだ。

普通、物には売り買いするための相場がある。どんな物であっても、売る人間と買う人間が居るのであれば、双方の希望が釣り合うところに相場が生まれるのだ。売るほうが多ければ相場は下がり、買い手が多ければ相場は上がる。

最初に値段を提示する売り込みは、この相場を知っていなければできない。おおよそでも値段が分かっていなければ、売り込みすらできないだろう。

つまり、値段を提示しない持ち込みとは、相場すら分かっていない人間がやることなのだ。

素人が商会に持って来た可能性が高くなるという点で、持ち込みというのに疑問を持つのは当然のこととデトマールは考えた。

故に、改めて物の信頼性をアピールする。

「ええ。大体が物慣れない貴族のような連中が持ち込むらしいですが、彼らの間でも金貨ベリーと呼ばれているとか」

「高く売れるからですかね」

素人は素人でも、それなりに地位の高い人間である。そうアピールするデトマール。

持ち込みとはいえ、決して怪しい品ではないのだと身振り手振りを交えて強調する。

なるほど、分かりましたとペイスが頷いたことで、一安心だ。

勿論デトマールとて普段ならばこんな説明に苦労する商品は仕入れない。要らぬ苦労をしているという点では、もしかしたら彼もまたペイスの被害者かもしれない。

「そうですね。だから、ちょっとばかり色を付けて買い取ってもらいたいものです」

「それは構いませんが、手に入れたのは偶然……ですか」

「はい。しかも今までにないぐらいの上物ってことです」

更にじっと考え込むペイス。

一体、何を考えているのか。

無言の時間に焦れ始め、セールストークの出尽くしたデトマールは、ここで切り札を持ちだすことにした。

「それで、どうですか？　ほら、〝珍しい生き物〟を飼うなら、珍しい餌も必要かもしれませんよ？」

「ほほう、デココから何か聞きましたか？」

「……王都が厳重に封鎖された経緯と、〝病気〟について」

デココが弟子に語った、モルテールン家の裏事情。それを聞いていると暗に匂わせる。

これはつまり、デトマールがデココの見舞いの為に駆け付けたのは、モルテールン家にも責任があると匂わせるものだ。行商人を装って情報収集を担当している従士のラミト。彼を自然にモルテールン領へ戻す為、自分は煽りを食って、普段だと仕入れないようなものも仕入れる羽目になった。そこのところを考えてほしい。

デトマールが言いたいことは実に分かりやすかった。

ここまで明確に責任を持ちだされると、ペイスとしても知らんぷりもできない。悪戯がバレたとばかりに、笑い出した。

「あはは、ならば結構。何処に耳があるか分からないのでそのまま胸の内に収めておいてください。

ちなみに、幾らで売ってもらえますか？」

ペイスとしては、ストロベリーの乾物というなら元々購入しても良いと考えていた。それを、向こうから貸し借りを持ち出してくれたのだから乗るべきだと判断する。

何も言い出さずにペイスが買うと言っていたならば、どこか別のタイミングで今回の切り札を持ち出されていただろう。そういう意味では、どうせ買うつもりだったもので切り札を使わせた分、ペイスのほうが交渉巧者だったのだろうか。

「そうですね……ベリーひと箱。二百でどうでしょう。プラウで」

デトマールが、結構な金額を積み上げた。

「御者台の下に仕舞えるほど小さな木箱一つで、プラウリッヒ金貨二百枚……二百クラウンですか。結構吹っかけますね」

「物を見ていただきたい。希少な果物であることに疑いようはありませんし、そうそう出てくる出物でもありません」

普段しないような取引である。デトマールは、実は借金してストロベリーを仕入れている。

ここで売れなければ、或いは大損していたら、そのまま破産していたかもしれなかったのだ。ハイリスクの賭けに勝った以上、得られる利益はハイリターンを求めても罰は当たらない。

ここでまとまった利益を出し、借金も利子もまとめて返し、何なら商売の種銭を大きく増やす。

デトマールはかなり利益をのせて値段をつけた。

「しかし、粒揃いとは言い難い品質です。ほら、これなんかは他のよりも大分小さい。大きさにバ

ラツキがあるものを、まとめ買いというのはちょっと戸惑いますよ」

「分かりました。一九八でどうでしょう。バラツキを考慮して、精いっぱいのサービスです」

「バラツキの誤差だけでも確実に一割はあります。一八〇」

「大きいほうにバラついていれば、それだけお得になります。せめて一九五でどうでしょう」

金貨の数でやり取りする押し引きである。ここで踏ん張れるかどうかで、金貨が掛かっている。

デトマールは、真剣にペイスに対して論駁した。

背中に汗を流しながら、必死のデトマール。そして、その様子をじっと観察するペイスという構図。

しばらくの沈黙があって、やおら緊迫していた雰囲気が緩む。

「ふむ、良いでしょう、買います」

どこのタイミングで用意されていたのか。

いつの間にか従士長が金貨を袋に入れて持ってきていた。

勿論、ペイスとしても過大な値付けなのは承知している。しかし、どうやらデトマール自身気付いていない部分の情報に、大きな価値があるらしい、と気づいたのだ。

故に、さりげない情報量代わりに、殆ど値切らず金貨を支払う。

「ありがとうございます」

デトマールは、ほくほく顔で金貨の袋を握りしめた。

ペイスの気付き

ホーウッド＝ミル＝ソキホロは、研究者である。

世の中に未知というものは限りなく存在するが、無限の無知から零れる一欠片の真理を求めて、生涯を費やす業の深い人間。それが研究者だ。

今日も今日とて、研究者は余人には理解し難い作業に没頭する。

「所長、今日も徹夜ですか」

「いや、先ほど仮眠を取ったところだ。実験の数字が揃ったので、ひと通りまとめて検証しようと上がってきたところだ」

ソキホロ所長の勤める研究室は、モルテールン領立の研究所。モルテールン家が全額出資して建てられた研究所であり、ここでは日々さまざまな研究が行われている。

とりわけ重要な研究として行われているのが、モルテールン領の主力輸出品であるお酒の研究。より良い味の酒を造る為、そしてより効率的に作る為、酒造りの職人も含めたかなりの規模で日夜研究を行っている。

という建前になっている。

勿論、酒造りの研究も研究所の目的の一つではあるが、もっと重要なことは魔法の研究。

モルテールン家で作られた〝魔法の飴〟や〝龍の素材〟についての研究が、秘密裡に行われている。

これらの研究は、勿論公にできるものではない。従って、研究所の建屋がある場所の地下に、隠すようにして研究施設が存在するのだ。

ソキホロ所長は、勿論地下にも出入り自由である。

しかし、地下に籠もってばかりでは誰にだって怪しまれるし、健康に悪い。そこで、どうしても隠さねばならないこと以外は地上にある建物のほうで作業するようにしているのだ。

中年の熟練研究員は、紙に書かれた数字を見つつ、部下が用意してくれたお茶を飲む。

字は走り書きのように汚いながら、間違いようのないほど整理された数字の数々。普通の人間であれば意味が分からないだろうし、それでなくても暗号めいた身内の符丁で書かれたデータを、ソキホロ所長は見つめる。

「ふむ、ふむ、見たまえハーボンチ卿」

所長が声を掛けたのは、若手の研究員。貴族号を持つ歴とした貴族であり、その点ではソキホロ所長と同じ。王立研究所での研究員の座を蹴ってまでモルテールン領立研究所に雇われた変わり者である。

「す、す、凄いですね。や、やはり魔力の貯蓄量は形状に関係があるようです」

吃音症気味の若者は、結果を見て驚く。

「うむ、例の飴の件で前々から分かっていたことだが、龍金でもそれを裏付けられたのは大きい」

「しかし、加工が……き、金属を完全な球形に磨き上げるのは、相当な職人芸ですよ？」

目下の研究は、魔法金属として世に出た龍金の効果的な利用法を模索すること。

最近では、メッキや箔として龍金を用いることで、少量の龍金でも広い範囲を覆う利用法を検討中だ。これが為せれば、モルテールン領の領主館を丸ごと龍金で覆ってしまうようなことも可能。さすれば、物理的な対策と合わせて魔法対策に大きく貢献する。実現すればモルテールン家の利益になるとあって、支援体制も万全である。

勿論、一足飛びにすぐに研究成果が出るものでもない。段階的に模索していくなか、まずは龍金の特性を保ったまま、どこまでの加工に堪えうるかを調査中だ。

飴であれば糸状に細く加工しても大丈夫だったのだから、金属の加工も可能だろうという目算である。

「鍛冶職人を雇えばよいだろう。幸いにして研究費は余裕がある」

モルテールン家の潤沢な資金は、潤沢な研究予算を生む。

かつてソキホロ卿が王立研究所に居たころであれば、三つや四つは研究室を丸抱えできるような予算を与えられて研究を行っているのだ。

やろうと思えば、金に物を言わせて好きなだけ自由にできる。しかし、そうは言っても制約はあるのだ。

「か、鍛冶職人の手配はできると思いますが、龍金を触らせるのなら領主様の許可がい、要ると思いますよ」

「ああ、そうだな。確かにそのとおりだ。こっそり連れてくるわけにもいかないだろうしね」

「それよりも、地下の機密エリアに金属を加工できる施設を作って、じ、自分たちでいろいろと試せるようにしてはどうでしょう」

「ふむ、なるほど。良いね。それでいこう」

龍金はモルテールン家の財産であり、ソキホロが幾ら研究所長という地位にあるとて勝手に人に譲ることは禁止されている。つまり、どうあっても管理は必要になるということ。

外部の職人にブツを渡して、逐一指示を出して管理監督する手間を掛けるぐらいなら、軽い実験の為の金属加工程度は自分たちでできるように、整備してしまえばよくないだろうか。部下の提案には聞くべきものがあった。

何とも贅沢な思い付きであるが、それができてしまうのがモルテールン領立研究所の強みでもある。

「発注書は、君に任せて良いかな」

「それは構いませんが、サ、サインは所長のが要りますからね。それに、今いる部屋ならともかく地下を弄るなら別途報告も……」

上司と部下として、いつもどおりの風景。

そこに、乱入者がやって来る。

「失礼、ソキホロ卿は居られますか?」

「ああ、ここにいるよ」

「伝令が来たそうです。通しても良いでしょうか」

「面通しは大丈夫?」

「はい。自分の知り合いです」

「なら、通してくれ」

警備の人間に案内されてきたのは、武装を固めた若い兵士だ。

ソキホロたちのところの手前まで案内されて、敬礼をする。

「ソキホロ卿はどなたでしょうか？」

昨今の情勢を鑑みて、モルテールン領はザースデンを中心として防備を厚くしている。兵士の数も増やし、巡回も頻繁に行うようになっているため、治安がすこぶる良くなった。

研究所にやって来たのも、そんな兵士なのだろう。ソキホロの顔を知らないという点で、普段からザースデンに居た人間でないことは明らかだ。

「私がそうだが、何か用事かな」

「はっ、ペイストリー様から伝言を預かってきました」

「ペイストリー＝モルテールン卿からの伝言？　聞こう」

「はい、『手が空き次第、館の執務室に来てほしい。手が離せないようなら、デジデリオにその旨を持たせてこちらにやってほしい』とのことです」

「うむ、了解した。これからすぐ向かうと伝えてくれ」

「はい」

どうやら、主君筋からの業務連絡であったらしい。

幸いにして、丁度実験が一区切りついたばかりのタイミングだったのだ。実に間の良いことであると、早速とばかりに領主館に向かうソキホロ卿。

来客の多い領主館に出向いたところで、さほど待つこともなく執務室に通される。待ち時間の短さは、来客の重要性と用件の緊急性の掛け算の結果だ。ソキホロが極めて短い時間で通された時点で、何をか況や。

「お呼びと伺いましたが」

執務室の中には、ペイストリー＝モルテールン領主代行や従士長シイツが居た。珍しい所では見慣れない若衆もいたが、領内の最重要人物達と親しげな様子や、どこか顔形に見覚えがある気もすることから、モルテールン家従士の身内なのだろうと察しが付く。

「ソキホロ所長、ご足労をお掛けしました。どうぞ座ってください」

ペイスは中年男を両手を大きく広げて歓迎した後、早速とばかりにソファを勧めた。

断る理由もないので、それではとばかりにソキホロは腰かける。何とも心地よい弾力が、研究で疲れた体を覆う。

「所長、調子はいかがですか？」

「最近はようやく落ち着いて、研究を進められるようになりました。いやあ、徹夜は何度も経験しておりましたが、目の回る忙しさというのは初めてですな」

「そうですか。体調には気を付けてほしいですが、無理はなさらないように。貴方のような人材を損なってでも進めねばならない研究など、うちにはありませんから」

「恐縮です」

研究というものは、時間を掛ければ成果が出るというものではない。

しかし、成果を出す為には時間が必要であることも事実。

最近の領立研究所は、幾人かの若手研究者を採用しつつも研究の幅を広げていた。全てを統括しつつも、自分の興味の赴くままに実験や調査に明け暮れるソキホロ。正直、身体がもう一つ欲しいと思うほど忙しい。ただ忙しいのではなく、やりたいことが多すぎるという多忙さだ。研究者としては充実していると言えるだろう。

多少の雑談を交わしつつ、場を温めるソキホロとペイス達。ある程度ほぐれた雰囲気になったところで、切り出したのは中年男のほうだった。

「それで、呼ばれた理由は何でしょう」

お互い、暇な身ではない。そろそろ本題に入っても良かろうと、居住まいを正すソキホロ。

ペイスも真剣な顔になって声を小さめにする。

「少し、確認したいことがありまして」

「確認したいこと？」

「農業の研究部署について。王立研究所では、幾つかありましたよね？」

問われて思い出そうとするが、つい最近まで働いていた職場のことである。さほどの苦労もなく問われた内容については思い出せた。

「ええ。魔法系の農学研究チームや、土木系の土壌改良班などもありました。メインは農学研究室や有用植物の研究室ですが」

「そこで、果物の類を研究しているところはありましたか？」

「……果物、といっても幅が広いですが」

果物というのは、基本的に食用である。勿論食べられない果物というものも存在するが、多くは食べるために果実を育てるもの。食料資源の安定的な確保というのは為政者にとって非常に重要な政策課題であり、この観点から研究を進める研究室はあるはずだ。

或いは、食べられない果実であっても有意な使い道を模索しているところもある。柑橘系の果物の匂いが、一部の害虫や害獣が忌避（きひ）する匂いであるなども知られていて、食べること以外に使い道を探るというのも研究所として意義は大きい。

また、有効な使い方を研究するという意味では薬として使うところもあるだろう。先ごろ、航海病の治療に対して果物が効果的であるという報告と、その裏付けとなる研究成果が発表されている。研究の発端はペイスらしいと聞き及ぶものの、薬として有効なことは変わらない。

更に、植物の植生や分布を調査するフィールドワークなどもある。特定の果実がどの程度の範囲に生えているかを実地で調査することで、例えば害獣の行動などを推測し、農作物の食害等々を事前に防ぐ試みというのも長らく続けられていた。

一口に果物に関する研究といっても、該当する範囲はとても広い。

「ベリー。それも、品種改良をしているような研究室です」

べりー、べりー、と口の中で何度か呟きながら、視線を空中で固定するソキホロ所長。ややあって、考えがまとまる。

「ありました。食用植物研究室と薬用植物研究室が互いに競い合っていたと記憶しています」

「食植研と薬植研ですか。農学系と薬学系ですね……」

じっと考え込むペイス。

「一体、どうしたんです？」

ペイスの沈思黙考に対して、不安になるのは情報提供した側である。何か拙いことでも言ってしまったのかと、動揺してしまう。

「研究成果の横流しが行われているかもしれません」

ソキホロの動揺は、更に強くなるのだった。

無言のプレッシャーと政治屋

「従士長、どうしたんですか？　やけに疲れてるみたいですけど」

金庫番のニコロが、執務室でシイツに話しかける。

彼の見た所、上司には相当な疲労の色がにじみ出ていた。

「あの迷惑ペットのせいだよ」

迷惑ペットとシイツが言う。その意味するところはニコロにもすぐに分かった。

「ドラゴンの赤ん坊が何か？」

「さっきから、散々に暴れまわってくれてな。大人しくさせるのに一苦労だったんだよ」

「へえ」

ドラゴンの赤ん坊がモルテールン家に預けられてしばらくたった今。以前に比べればドラゴンに対する恐怖心というのは薄れている。

ドラゴンが暴れたと聞いてもお疲れ様ですと労う程度の反応なのは、モルテールン家の家人らしい、非常事態への慣れの速さだろうか。

「坊がいれば、こんなに苦労しねえってのによ」

「若様が？　どういうことですか？」

「あの子ドラ、坊に懐いてるだろ？　離そうったってなかなか離れないんで、寝る時まで一緒にいるぐれえだ。世話を丸投げできるから、俺らは楽になるんだが」

「若様も大変ですね」

シイツが疲労を隠せないほどに疲れるドラゴンの世話。

それを専任でやるとなれば、幾らタフな次期領主といえども疲れるはずだ。ニコロはうんうんと頷いた。

「そうでもねえよ。懐かれて満更でもねえのか、最近は情が湧いて来たらしい」

シイツが、軽く自嘲めいた笑いをこぼす。

「ペットを飼うにしても、普通じゃないってのが若様らしいですね」

「全くだ」

今までモルテールン家で飼った動物といえば、どれもこれも危険極まりない生き物ばかり。極めつけにドラゴンを飼うとくれば、いっそ一周回って清々しいほど異常である。

「それで、その若様はどうしたんです？」

「今日は、ちょっと野暮用で、王都にな……」

シイツは、そっと王都のほうに目を向けるのだった。

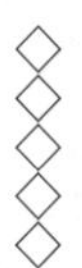

王都の中の一角。

貴族街の端にあるそこは、神王国において知の集積地とされている。

俗に王立研、正式名称を王立ハバルネクス記念研究所と呼ぶそこは、常に四百人近くの研究者と、二千人を超える職員を抱える街の中の街。スモールタウンとでも呼ぶべき一種の隔離空間は、知識の黄金郷（おうごんきょう）を求めて日夜研究に明け暮れている。

その研究所の中心にある建物に、一人の少年が訪ねてきた。

青銀髪を優雅に流し、立ち居振る舞いは洗練そのもの。一挙手一投足に深い教養と高度な教育を感じさせ、ともすればどこぞの王子様かと思うほどの美男子。柔和な笑みを浮かべながら、堂々と闊歩している男前。

誰あろうペイストリーである。

彼は、研究所のトップとの面会の為、わざわざ領地から足を運んだのだ。

「お世話になります」

「これはこれは、モルテールン家の御子息がお越しとは、光栄です。遠いご領地からご足労を頂きありがとうございます」

建物の一室、高位貴族や上得意が優先して通される最上級の応接室に、ペイスは通された。王族専用のスペースを除けば、ここに入れる者は数少ない。

ましてや十代そこそこで来る人間などなかなかないのだが、彼は当然のように存在していた。

対面するのは、研究所の所長である。

「モルテールン家の御隆盛は世事に疎い私の耳にも入っていまして、ご活躍のほどはかねがね伺っております。私もモルテールン家を尊敬する一人として、ご活躍の噂を聞くたび我がことのように喜んでおりました」

「ありがとうございます」

所長は、指紋を消し去るような勢いで揉み手をしている。

当人は世事に疎(うと)いなどとほざいているが、とんでもない。元々世事に疎く、自分の専門分野以外にはあまり興味を持たない研究者たちの中にあって、例外的に世事に通じたからこそ所長になれているのだ。

研究成果ではなく政治と世渡りで出世した男が、ペイスの目の前にいる俗事の塊である。

「聞けば先ごろモルテールン家は子爵位を賜(たまわ)ったとか」

「ええ、左様です」

「男爵位を授けられてからまだ然程も経たぬうちに陞爵とは、いやはや素晴らしいの一言でしょう」

大龍を討伐した功績を称え、モルテールン家は子爵位に陞爵した。

十年前には貴族としても最下位の騎士爵であったことを思えば、破竹の勢いで貴族の階位を駆け上っていることになる。

これ程に勢いのある家はほかになく、何なら伯爵位を賜るようなこともあり得るのではないかというのがもっぱらの評判だ。

「恐縮です。これも全て陛下の御心の深さ故でありましょう」

「然り、我が君の懐は深く、我等臣民としても喜ばしいことでしょうな。そういえば、御手前の姉君もこの間ご結婚されたとか」

「はい、末の姉がボンビーノ子爵家に嫁ぎました」

モルテールン家五女のジョゼことジョゼフィーネが嫁いだのは、ペイスの感覚ではかなり前になるのだが、所長の感覚では最近のニュースに含まれる。

元より情報伝達の緩やかな社会であるため、最新のニュースというものが一年や二年前の話であることはざらだ。人によっては、十年前のことでも最近と評価する。

「南部貴族の紐帯が強まるという訳ですか。最近は南部の景気は空前絶後といっても良い。素晴らしいことですな」

「そうですね。レーテシュ伯を筆頭に、皆様方が力を尽くしているからこそでしょう」

「なるほどなるほど。そういえばレーテシュ伯も研究所には常日頃から並々ならぬご尽力を頂戴しておりましてな」

「はあ」

さりげなく、レーテシュ伯との関係を匂わせる所長。

南部に領地を持つ領地貴族としては、レーテシュ伯の名前は重い。少なくとも無視は絶対にできない。派閥の領袖とも懇意にしていると聞けば、モルテールン家としても多少は義理を感じて財布の紐を緩めるのではないか、という打算が見え見えである。

「先日も、結構なご寄付を頂戴したばかり。聞けば、それも全てはモルテールン家の御蔭であるとか。モルテールン家とレーテシュ家はとても親しくしているのだとおっしゃっておいででしたよ」

「レーテシュ伯がそのようにご評価くださっていることは光栄なことと存じ上げます」

更に、駄目押しでモルテールン家へのお世辞を重ねる。

国内でも五本の指に入る大貴族が特別に目を掛けていたのだと、他人から教えてもらったなら悪い気もしないだろう。教えたほうにも好印象を持ってもらいやすい。

所長の打算は、そんなところだ。

「ええ、そうでしょうとも。おお、レーテシュ伯といえば、ご息女が産まれていたというのを聞きまして。御手前などは当然ご承知でしょうな」

「勿論。御三姫とも健やかにお育ちですよ」

南部で今話題の家といえば、一にモルテールン家、二にレーテシュ家、三四を飛ばしてボンビーノ家といったところだろう。後は団子だ。レーテシュ家の次世代ともなれば耳目を集めて当然であるし、モルテールン家のような立場なら尚更耳聡く居るはずである。所長は目の前の少年がレーテシュ家の娘のことを知っているはずだとして話を進めた。

それを受け、ペイスとしても更に一歩踏み込んだ話題を提供する。

「おや、御息女は三人もおられるのですか」

「三つ子で産まれてきたのです。その時はかなり騒動になりました」

レーテシュ家の娘が三姉妹であり、しかも三つ子というのは知らなかったと、所長は驚く。

「ははあ、レーテシュ家もモルテールン家も、慌ただしさが日常なのでしょう。それだけお家が繁栄しているということでもあるのでしょうが、我々などは毎日が変わり映えもしません」

「そうですか」

世間話もここいらで良かろうと、所長は話を改めて自分の都合のいい方向へ誘導し始める。

「そういえば最近では、王都でオークションもありましたな」

「ええ」

当然、王都であった競売のことなども承知している。知らないほうがおかしい。

モルテールン家の御曹司を最上級のもてなしで出迎えたのも、それがあってのことだ。一説によれば百万枚以上の金貨を一夜で稼ぎ、王都どころか神王国中から現金を払底させたという噂まである。

経済については王立研も多少は専門家が居るわけで、所長としても噂以上のことを事実として確認していた。

百万枚以上とまでは怪しいが、限りなくそれに近いほどの大金を稼いでいたという事実だ。

研究というのはそもそも金食い虫である。大口の研究支援者はいつだって募集中であり、モルテールン家のようにあぶく銭を稼いだ相手は良いカモだ。

できることならそれなりの寄付を分捕(ぶんど)って、或いは引き出して、自らの勢威を強めたい。所長はシンプルに金が狙いだった。

オークションについての話題を口にするのも、モルテールン家を煽(おだ)てて持ち上げつつ、お金の話に持っていきやすいからだ。

「あれのおかげで、我々も恩恵を受けております。モルテールン様様ですとも」

改めて、モルテールン家を褒めちぎる作戦に出た所長。

といっても、事実をそのまま口にしつつ、適当に大げさに言うだけでことは足りる。

「恩恵？　大龍がですか？」

「左様。龍素材が各所から持ち込まれましてな。幾つかの研究室が成果を競い合うようにして研究に励んでおります」

研究所は、生産する場ではない。どちらかといえば消費する場だ。

いろいろと試行錯誤をする為に、材料も資材もあればあっただけ有難いし、その為に必要なお金も多ければ多いほど良い。

そもそも、研究というものは失敗を前提にするもの。どれほど有望な研究であっても、全てが全て成功し、利益を生むとは限らない。十に一つ、いや百に一つの大成功を探し当てるために、九十九の失敗を積み重ねるのが研究というものだ。

だからこそ、成功した研究やその過程は大々的に宣伝するもの。
モルテールン家の功績で手にした龍の素材が、大きな研究成果を生んでいるとアピールすれば、モルテールン家の御曹司も悪い気はしないだろう。

実にゲスい思惑が多分に含まれた所長の言葉に、ペイスは感心したように頷く。

「成果は出ていますか？」

「勿論ですとも。例えばそうですな、最近ですと龍の鱗加工について、一定の成果が出ております。鉄の溶鉄（ようせん）の際に龍の鱗の粉末を加えた所、明らかに頑丈さが増したという研究です。これなども私が苦労して手配したのです」

「なるほど」

実際、研究所全体としても、今最もホットな研究テーマが〝大龍〟であるのは事実だ。
素材としてはこれまでには存在しなかった素材であり、文献上においては伝説上の存在であり、宗教的には神聖な存在でありながら災厄の象徴であり、経済的には動く金塊にも等しく、政治的には神王国の権威と実力をこれ以上ないほど高めた存在。
科学的な実学を筆頭に、神学や哲学などの理学、政治などの社会学にも大きな波紋を投げかけた大龍。

今まで停滞していた学問分野であっても、一気に進展がみられる場合もあると、所長はいう。

「他にも細かい成果は幾つも出ています。陛下からも、龍に関する研究についてモルテールン家に隠し事をするなと厳命されておりますから、何でもお教えいたしますよ？」

モルテールン家と王家の間では約定が交わされている。それは、龍の研究に関しては全てをモルテールン家に公開するというもの。

ペイスが裏で手を回して仕組んだ交渉ではあったが、実際問題としてもしも億が一もういちど大龍が出たとするならば、対処するのにモルテールン家の助力を受けないわけにはいかないという思惑もあった。

一度現れた以上、既に大龍は文献だけの伝説ではない。現実に存在する災害なのだ。低い確率であっても備えをしないのは為政者として怠慢だ。

というのは、ペイスが王とその周囲を説得した言葉である。

所長としても、口外無用と含みおきつつも交渉結果については知らされていて、こと大龍に関わる研究であればモルテールン家に隠すことはない。

ただし、寄付金次第で、である。

隠したいわけではないのだが、スポンサーのたっての意向であり、そこは研究継続の為という大義名分を使えるのだ。と、所長は考えている。

「それはありがたい。勿論研究内容については全て伺おうと思っております。しかし、今日は別の要件がありまして」

「別の要件？」

しかし、何やら雲行きが怪しい。

ニコニコ顔の少年のあどけなさに、一抹の不安がよぎる。

「実は、寄付を行いたいと思っております」

「ほほうそれはそれは」

気のせいだったか、と懸念は脇に置く所長。

わざわざここまで手練手管を使わせて勿体ぶったのだから、半端な寄付では済まさない覚悟である。

「幸いにして当家は〝臨時収入〟がありました。喜びは皆と分かち合ってこそではありませんか？」

「素晴らしい心がけですな。見習いたいものです。分かりました、そういうことであれば私がご案内いたしましょう」

「所長自ら、ですか？」

「ご不満ですか？」

「不満などとんでもない。では、外にツレを待たせておりますので、その者と一緒にお願いします」

「分かりました」

勝った。

ここまでくればもうこっちのものだろうと、内心で喜ぶ初老の男。

膨大な金を持つモルテールン家の寄付ともなれば、最低でも金貨十枚、いや二十枚か。もしかしたら百枚以上ということもあり得る。

うきうきとした気分で、モルテールン家の同伴者と対面した瞬間。

「げえ!!　ソキホロ……卿」

思わず、失礼な態度を取りかけてしまった所長。

外で待っていたモルテールン家の同伴者とは、貴族であったのだ。それも、王立研究所の研究員〝だった〟男。優秀さ故に当時の上司に疎まれ、成果を横取りされたうえで左遷。その後も長く虐げられていたのだが、モルテールン家に引き抜かれて以降は大活躍している、という噂だ。

何あろう、当時の上司とは今の所長であり、左遷も彼の手によるもの。

つまり、明らかに恨みを持っている相手ということ。こんな人間を何故ここに連れて来ているのか。困惑と焦燥が男の胸中を埋める。

「所長はご存じだと思いますが、ソキホロ卿は実に優秀な人材ですので、当家に迎え入れたのです。優れた頭脳と知識で、当家の施策に大いに貢献して頂いておりますよ」

「そ、そうですか」

待遇は、王立研究所に居た時の二倍や三倍では利かない。王立研の所長よりも遥かに良い待遇で雇い入れているし、何ならモルテールン家を通じて王族と直接繋がれる政治的地位も持つ。所長は認めていないが、余の研究員からすれば垂涎の立場であることは疑いようがない。既に、王立研所長とソキホロ卿の立場は逆転しているといっても過言ではないのだ。

無言で睨みつけてくる男に、居心地の悪さを感じる初老の政治屋。

「今回の寄付の件、全てソキホロ卿に諮るつもりでおりますので、その点お含みおきください。よろしいですね？」

「……承知しました」

ペイスは、いつも以上に輝いた笑顔を見せていた。

怪しい研究室

「こちらが神学研究室になります。神の言葉の真意を探り、もって世界の真理を追究することを目的としております」

「ほう、それは凄い」

結局、ペイス達は王立研究所の目ぼしい研究室を一から案内してもらうことになった。

本来、モルテールン家の様に寄付を前提として訪れた客には所長が対応してきたのだが、今回は〝何故か〟副所長が担当することになっている。

寄付が確定している上得意を逃し、手柄を副所長に持っていかれた形。

満面の笑みでペイスの傍に居るホーウッド＝ソキホロ卿の影響があったりなかったり。

副所長は、実質的に研究所を運営する中年の男性だ。

騎士爵家の次男坊であったが幼いころから頭脳明晰を謳われ、寄宿士官学校も上位席次で卒業。体を動かす実技が滅法苦手であったが、それを補って余りある頭の良さを見込まれて研究所に就職が叶ったという経歴。

一貫して哲学系の研究をしてきたという変わり者だが、事務方にも才能があったことから事務方に就任。以降は事務専任の実務担当としてキャリアを積み、今は副所長として実質的な組織運営を行っている。

「神学研究所の中にも幾つか研究班が分かれていますが、最近新しく作られたのは〝大龍研究班〟です」

「大龍ですか」

「はい。古代の文献や聖典の中に、大龍に関するものは多々あります。それらを整理することで大龍の実態に迫り、神と大龍の関係性を明らかにするというのが班の目標です」

大龍に関する記録は多く残っているが、大半は伝聞による記録だ。神王国では。例えば聖国ほどに過去の文献を揃えているわけではないが、ある程度の時期から代々聖職者や貴族たちが多くの記録や日記を残しており、それを調査・研究するのが大龍班の仕事だという。

「最近では聖アントニウスの手記に、かなり詳細な大龍についての記録があることが発見されました」

「詳細、とはどの程度ですか」

「物語として聞いた大龍の姿形（すがたかたち）や、伝承として伝わる大龍の行動といったところです。姿形についてはより誇張されていたものになっていて、実物として討伐された大龍との差異について、何故そのような差異が生まれたのかも研究されております。こちらは歴史研究室の古代歴史班が新たに担当しています」

「なるほど、上手く研究が進めば、過去に伝承として伝わっていた大龍と、僕が討伐した大龍が同じものかも判断できるようになる、ということでしょうか」

「ご明察痛み入ります」

神学と歴史や哲学は割と近しい研究分野である。お互いに資料を融通（ゆうずう）し合うこともある為、大龍についても手を携えて研究を行っているという。

そも、大龍が現れたとなった時。この大龍は、過去に存在したとされる大龍と同一のものかどうかは大きな議論となった。もしも同一であるとするならば、その体は数百年の長きを生き抜いたことになる。歴史を探るものであれば、まさに生きた化石であり、丸ごと資料そのものだ。更には大龍にまつわる各地の伝承が、大龍の姿形という勘合符（かんごうふ）によって事実と虚偽を確定させられる可能性も出てくる。大龍の姿が真実に近しい伝承は、他の部分も正確性がある程度見込める、という訳だ。

つまり、過去に大龍について文献があり、その文献によって伝承と実物の類似性や相違点が整理されたとしたら、それは学問的にも大きな意義があるのである。

「ここの寄付について、5クラウンとします」

「ありがとうございます」

神学研は、その名のとおり宗教勢力と近しい。故に、宗教関係者以外からの寄付はなかなか集まらないのだが、今回の大龍研究でモルテールン家から金貨五枚を得たのは大きい。一般の家庭の年収数年分だ。これだけでも大きいが、モルテールン家が寄付したことを喧伝すれば、他の貴族からも寄付が得られるかもしれない。

副所長の補佐として神学研から出張ってきた若手研究員などは、喜色を露（あらわ）にしていた。

「次はこちら、芸術文化研究室。通称芸文研」

「どうもモルテールン卿。わざわざ足をお運びいただき恐縮であります」

別の研究室に移動したところで、新たに研究室から研究員が出てきた。

聞けば、芸術文化研究室の室長だそうだ。

補佐役として若手を付けるのではなく、室長直々に説明役を買って出たということだろう。

それも当然かもしれない。元々芸術というものはお金が掛かる。その割に直接的な利益には結び付きにくい所があり、多分に寄付集めが重要になってくる分野なのだ。

「室長自らのご説明、痛み入ります。僕は今日、大龍関係の研究について副所長に案内頂いているのですよ」

「左様でございますか。それでしたら当研究室は間違いなく御一助になると存じます」

実に腰の低い対応であり、いっそ清々しくさえあるのだが、ペイスは気にした風でもなく説明を促す。

「我々は、大龍について幾つも研究企画（プロジェクト）を立ち上げようとしております。モルテールン卿にはこの機会にぜひご支援を賜りたく伏してお願い申し上げる次第です。はい」

「幾つも、とおっしゃいますと？」

「差し当たって、三つほど。今までに絵画などに描かれた大龍についてもう一度見直そうとするものが一点、実際の大龍をモデルにして芸術に生かそうという試みが一点。そしてもう一点はモルテールン卿をはじめ大龍討伐に関わった人々の話を芸術として後世に残そうという動きがあります」

「……前半二つは分かりますが、最後の一つの詳細な説明が欲しい所です」

「おお、そうでしょうとも。芸術とは、人々の感情に訴えかけることによって心をより豊かにし、想像力の発展に寄与し、表現力を磨き上げる力があるのです。そこで大龍の討伐についても芸術として題材にしたいと考えるものは多いのですよ。叙事詩として文学にしたいという者も居れば、音楽として残したいという者も居ます。勿論、絵画や彫刻としてモデルにしたいという者も居ます。どれにしたところで、モルテールン卿の華々しい活躍が後世まで伝わること間違いなしです」

滔々(とうとう)と語る内容を静かに聞いていたペイスの様子に、首を傾げる室長。

世に語られるほどの功績を挙げた新進気鋭の騎士というならば、自らの活躍を広める活動にもっと興味を持ってもよさそうなものである。

これは押しが足りないかと、更に言葉を重ねる男。その表現力は流石に秀逸であり、今にも現代の英雄が降臨しそうな雄大さで語られる。

が、ペイスはもういいと切って捨てる。

「それらの企画については、一切の援助をお断りするしかありませんね。先の二つはともかく、活躍を残すなどと言われては、羞恥(しゅうち)の極みです」

「な、何と。ではせめて、せめてお気持ちだけでも」

寄付金獲得に失敗したらしい室長は、顔面蒼白でペイスに食い下がる。

しかし、ペイスとしては自分の銅像を王都に建てましょう、などと言われれば金など出せるはずもないのだ。

平穏に、お菓子作りができることこそ望みのペイスにしてみれば、何を好き好んでド派手に目立たねばならないのかと憤慨すら覚える。

「はあ、次は何処ですか？」

「次はまともですよ。土木技術実用研究室です」

いささか溜息を堪えながら案内されたのは、土木技術実用研究室。通称土木研。見学者の多い研究室ということもあって、対応は非常にこなれていた。

「ようこそモルテールン卿。ここからは私が担当します」

「ええ、頼みます」

研究室から補佐役として加わったのは、まだ年若い研究者。二十代そこそこといったところだ。研究者としてはまだまだ若手に分類されるだろうが、経験というなら十年ぐらいは積んでいるはず。案内役としては過不足ない適任なのだろう。

「当室では、大龍を素材とする新建材の研究や、それらを使った新たな建築方法の考案、土木に関する新技術の研究を行っています」

「どれも興味が湧きますね」

「領地をお持ちの方々であれば、必ずご満足いただけるかと思います。差し当たってお見せできるのはこちらです」

研究室の一角で、大きな木箱のようなものが置いてあるところに案内される。

高さは人の背丈ほどあり、幅は大人二人が両手を広げたぐらいの幅だろう。かなり大きなものだが、傍に足場が組み上がっていて、上から箱の中を見下ろせるようになっていた。

箱の中身は土砂である。

「こちらは新たな堤防の模型になります」

「ほほう」

「従来の堤防では、土砂の混じった水を防ごうとした場合に、土砂が蓄積してしまうという欠点がありました。また、それによって堤防の保水能力が劣化し、決壊するという現象もみられます」

「ふむふむ」

「こちらをご覧ください。龍金を用い【圧縮】の魔法が掛けられた堤防です。こちらは従来の堤防。今、土砂を含んだ水を流します」

若手研究員たちがぞろぞろと集まり、大きな木箱の周りで作業を始める。

「おお」

驚きを含んだ声をあげたのは、ペイスの傍に付いてきていたソキホロ卿であった。

元々金属は専門に近く、龍金に魔法を付与する技術に至っては自分が拵えた最新の研究成果である。元来は軽金に魔法を付与する基盤技術が存在し、それを汎用化しようと模索していたのがソキホロだ。上位互換たる龍金を使えば、効果も高くなる、と論文に書いたばかり。自身の研究がどう生かされているのか。実際に目にするというのはやはり格別のものがあるのだろう。

泥水のような、或いは水気の多い土石流というのか。それを模した濁流が堤防の模型にぶつかったところで、従来の堤防の模型はそのまま土砂が溜まり、更に堤防を越えて土砂が流れ出た。対し、新しいほうの堤防は土砂が堤防にぶつかると、そのまま堤防が大きくなっていくような雰囲気がした。勿論、土砂が堤防を乗り越えることもない。

「軽金や龍金といった魔法金属への魔法付与については、ソキホロ卿は専門分野でしょうから説明を省きます。元々は軽金を用い、【圧縮】の魔法を堤防に付加することで、従来よりも頑丈な堤防ができるという技術でした。それを龍金に変えたところで、堤防にぶつかる土砂にも魔法の効果が適用可能という技術を生み出すことに成功したのです」

「ほほう、これは凄いですね」

「この技術を実用化し、更には応用することで、より広大な農地の開拓・河川氾濫の防止・護岸工事の進展といった効果が見込めます」

流石は、王立研究所の看板研究室だけある。魔法金属への魔法付与の技術は既に確立された技術であるが、それを生かすことで誰にでも分かりやすく経済効果の見込める技術に仕上げていた。

「……率直に聞きましょう。この研究、続けるのなら幾ら欲しいですか？」

「え？　えっと……」

いきなり突拍子もない質問が飛び、説明役の若者は困惑した。

「ふむ、ならば二百クラウン出しましょう。それで、この研究を進めてください」

「は、はい!!　お任せください!!」

ポンと大金を出すのも凄いが、ペイスとしてはこれでモルテールン家の利益になると判断したのだ。勿論研究が実って素晴らしい土木技術が手に入っても良し。そうでなくとも、龍金という素材の価値を高め、ひいてはモルテールン家の価値を高める技術であることも評価した。

実に有意義な視察であったと、満足げなペイス達一行。

次なる研究室はと副所長が足を向けたところで、ペイスは一つの研究室を指定した。

「ここが、薬用植物研究室です」

「なるほど、実に不思議な香りが漂ってきますね」

指定されたのは、薬用植物研究室。通称で薬植研。

ここは研究内容が、あまり大龍とは関係ないとのことだったが、ペイスのたっての願いで見学することになった。

副所長が研究室に入って二言三言。

ボサボサ髪の、いかにもな中年男性がペイスの案内役に抜擢(ばってき)された。

「あぁ、とりあえず見学とのことで、こちらへどうぞ」

研究室の中は、鉢植えなどの植物であふれかえっている。

サボテンのような刺々(とげとげ)しい植物があるかと思えば、シダ植物のようなものが巨大に茂っていたりもする。

実にそれっぽい雰囲気にあふれていた。

「日頃はこのような研究を行っておりまして」

「なるほどなるほど」

かくかくしかじかと、研究内容を説明していく研究員。研究内容を人に説明するのも研究員としては大事な仕事であり、立派な業務の一つ。研究成果の還元は、社会的意義である。

詳細な説明がひと通り終わったところで、ペイスが研究員の労をねぎらう。

「実に興味深い研究でした」

「いや、モルテールン卿の御子息にそう言っていただけると嬉しいですな」

どこかぎこちない笑みを浮かべつつ、研究者は謝辞を述べる。

「ところで……最後に一つ伺っても良いでしょうか」

「はい、何なりと」

明るく爽やかな笑顔のペイス。

その様子は実に清々しく、清涼感さえ覚える。

「研究結果の横流しをされてますよね」

ただし、何の気なしに呟くように言った台詞は、爽やかさの真逆であった。

呟くように発されたペイスの言葉。聞こえたのは、薬植研の研究員だけだっただろう。

「な、何のことでしょう？」

見るからに狼狽(うろた)える研究員。この時点で、ペイスのカマ掛けは成功したようなものだ。

ちょいちょいと、人目に付きにくい死角に誘うペイス。他の同伴者はいつの間にかソキホロ卿が離れたところに誘導していた。

「大金を投じた研究で、結果を出資者に還元するだけでなく、私腹を肥やすことに利用する。いやはや、何とも悲しい」

「憶測で物を言ってもらっては困ります」

「憶測？」

ペイスは研究員の言葉を鼻で笑った。

物的証拠となる横流し品が自分の手元にあることや、流出経路を既に特定していることなどをはっきり明言する。

研究員の顔色は蒼白だ。

「安心してください。何も不正を正して貴方たちをどうこうしようという気はありません。それに、どうせお金が欲しいというなら……当家が全てを買い取りましょう。横流しではなく、正々堂々と」

言うが早いか、ペイスが用意したのは〝大樽一杯の金貨〟だった。

連想ゲーム

モルテールン領領主館執務室。

そこではいつもどおりの雰囲気に満ち満ちていた。

穏やかで、ゆったりとした様子のペイス。

そして、苦虫を嚙み潰したようなシイツ従士長である。

「大龍の育て方が分かった？　植物の研究室で？」

「正確には、ピー助が食べるものを見つけた、でしょうか。検証は既に済ませています」

「大龍ってのは肉を食うんじゃねえのか？」

ペイスについて、王立研究所で万枚単位の散財をやらかしてきたかと思えば、戻ってくるなり大龍にかかり切り。

しかも、いつもどおり突飛なことを始め、道楽としか思えないことをし出す。

大龍の赤ん坊に、飴やら果物やらを与え始めたのだ。

ひとしきり研究所の所長とこそこそしていたかと思えば、今は満足げなドヤ顔である。

事情を説明すらされていない従士長としては、報連相は真面目にやれと叱りたくもなる。

一発殴っても良いんじゃねえかと、シイツがボヤく有様だ。

「その件で、僕の仮説ですが聞きますか？」

レーテシュ産の紅茶の香りを湯気としてくゆらせながら、優雅にお菓子を摘むペイス。

「俺は聞きたくねえな。世の中には知らねえほうが幸せってもんが山ほどあるんでね」

「しかし、聞かないわけにはいかないでしょう、シイツ従士長」

「ああ、そうだよ。クソッタレ。なんだって俺はいつも貧乏くじを引くんだか」

世の中というものは、無知であるほうが幸せであることが多々ある。

恋人の初恋の相手だとか、屋台の料理の原材料だとか、或いは知っていることがバレれば即暗殺対象になるような国家級の機密だとか。

シイツは既にモルテールン家の深部にどっぷりと浸かり、知らなければ幸せでいられた機密をたっぷりと知ってしまった身分。

一度足を踏み込んでしまった以上、抜け出すことはできずに深みにはまるしかない蟻地獄である。

「泣かせてきた女性の恨みが肩に乗ってるんじゃないですかね？　教会でお祓いでもしてもらいますか？」

「結婚前に散々やったっての」

「よほどに頑固な呪いなんですかね？」

「冗談は良いから、さっさと言ってくだせえ。面倒ごとになるなら手当てが要るでしょうが」

女性の恨みつらみをダース単位で買っていそうなシイツではあるが、今回の件はそれに関係なさそうだと笑うペイス。

「まず、薬植研では前々から品種改良の研究を重ね、ノウハウも持っていた。そうですよね、ソキホロ所長」

元職員として、ペイスの問いに頷く中年研究員。長く勤めていただけあって、王立研究所の他研究室についても詳しい。ましてや、他所への助力という名でこき使われることの多かった窓際部署であるから、尚更である。

「そうですね。あそこは薬用植物の薬効を高める研究や、新品種の模索が一番の金看板だったはずです。新品種は、探してくることもありましたが、それ以外にも〝作れる〟方法があったでしょうな。少なくとも、その方法を模索していたことに疑いの余地はありません。専門外故、詳細は分かりかねますが」

研究室には、それぞれに秘密がある。

研究内容というのはそれ自体が財産であるし、研究室の価値を認めさせる武器でもあるし、世の中を渡っていく政治力でもあるのだ。隠し玉の一つや二つなければ、つまりは研究内容が全て公開されているなら、それは最早研究室を丸ごと他所にコピーされてしまっても不思議はないということになる。

薬植研の隠し玉が何であるのか。最低限、とっておきの植物を〝作れる〟技術を有していた確率は高いだろう。それがどの程度の期間で、どの程度の照準と精度でできるものかは分からないが、今までの成果から踏まえるにその手の技術の目星がついていたのは間違いないと、ソキホロは断言する。

「そして、遅々として研究を進めていたなかに、一つのブレイクスルーが起きた」

「ブレイクスルーってなあ何ですかい？　俺は知らねえ言葉ですが」

「諸々の制約から停滞していたり、壁があった問題について、一挙に解決することですよ」

時折発するペイスの不思議語録。

今に始まったことではないので、シイツは驚きすらしない。

「へえ、それがあったと？」

「ええ」

「一体それは何で、どうしてそれに気付いたんで？」

頭の回転が速いせいか、思考が一足飛び、二足飛びに飛躍してしまいがちなペイスである。

人に説明する為、どこからどう説明したものかとしばらく考え込んだ。

「……ピー助です」

考えがまとまったのだろう。

話の始点を大龍の赤ん坊から始めた。

「あのチビが？」

「元々は、行商人が薬植研から流出したと思われる植物を持ち込んだことにあります。それを、ピー助が喜んで食べていたのがことの始まりでしょう」

何が一番違和感かというならば、たかだか一行商人が、世にも珍しいフルーツを、それもペイスが欲しがりそうなピンポイントで持ち込んだことにある。

「ああ、あのイチゴってやつですかい」

「ええ。ベリーの類ならばどこかに群生地でもあるのかと思いましたが、あれは明らかに〝人の手〟が入っていた。その点、僕には確信がもてました」

「何で、ってなあ聞くだけ野暮ですかい？」

「生まれつき知っていることを何故と聞かれても、当人には分かりませんよ。しかし、人の手が加えられ、品種改良されているという事実が大事です。そんなことをできる技術や知識を持つ者はそう多くない」

「ふむ」

植物を長い年月で人間の好ましい形に改良していく技術。品種改良の技術の起源は古い。

しかし、遺伝の知識も持たない人間が、軽はずみにできることでもない。

ペイスなどは元々そういう技術が存在していることを生まれつき理解しているし、品種改良の結果生まれた甘くて大きくて美しいイチゴの存在も知っている。

だからこそ、明らかに食用の為に相応しい形になっているイチゴを見て、野生種ではありえないということも理解できた。

野生でないなら、誰かが人工的に作っているはずだ、と想像するのは容易い。

「そして、それだけの知識を持っていながら、横流ししてでも小銭を稼ぎたいと考える組織というのも妙な話です。これは、特定の組織が意図的に流出させているのではなく、大きな組織の末端が、上の目を盗んで横流ししていると考えるほうがしっくりくる」

「そりゃあ確かに」

仮に組織として、金貨で売り買いされるような希少フルーツを差配できるのなら、下っ端行商人の出入りするような商会で処分せずとも、利用価値は他にもいろいろとあるだろう。

つまり、組織で動いていない、個人がやっていると考えるほうが自然だ。

だが、一個人が私的に〝作れる〟ものではないことを、ペイスだけは知っている。

普通の人間ならば、珍しいベリーをどこぞから採取してきたのだろうとも勘違いするかもしれないが、何の因果か、現代的な知識を持つペイスの目は誤魔化(ごまか)せなかった。

「組織の末端が物を横流しする場合、普通ならば足元を見られます。しかし、金貨ベリーなどと言われるぐらいの価値が保たれているなら、末端でさえそれ相応の頭の良さがあると考えました」

「なるほど、だから王立研究所から漏れたと」

「ええ。あとは、それっぽい研究室を見て回れば事足ります。横流しをするということは、つまりは本命の研究自体が存在しているということですから」

横流しされたブツが実際にあるのだから、それに近いものを隠し持って、或いは堂々と持っている可能性は極めて高い。

そう踏んだペイスが研究所内を見回ったところ、明らかにそれらしい研究室が薬植研であったという話だ。

「ふむ、それで、ブレイクスルーとやらとはどう繋がるんで？」

「行商人はピー助の〝食事〟にベリーを持ち込みました。妙な話でしょう」

「どこが？」

珍しい食い物を、これまた珍しい生き物に繋げて考えるのは変なことではない、とシイツは考える。

「大龍は〝人を食う〟のです。それは、南部が襲われた際にも明らかになっています」

「ああ、坊も食われましたっけね」

「龍の口の中は臭かったですが……それは置いておいて。何故〝肉食〟と明らかになっている動物の餌に、果物を持ち込むのでしょう？」

「……言われてみれば、変だよな」

もしも龍の餌として食べ物を売り込みたいのなら、既に明らかに龍の餌と判明しているものを持ち込むのが正解だ。

龍が南部で何十人何百人と人間を食い散らかしたのは公開されている事実であるから、それと関連させて〝動物の肉〟辺りが売り込みに適しているはずである。

にもかかわらず、デトマールが龍の餌になるかもしれない、とフルーツを持ち込んだ。ここに不自然な作為の香りを嗅ぎ取ったのだ。

「つまり、デトマールが果物を買い付ける際、大龍と関連付けて売り付けられた……ってことですかい？」

「ご名答。金貨で売れると分かっているベリーを、更に高値で売ろうとしたのでしょうが、それならそれで〝龍の餌の可能性〟などというものを、咄嗟に思いつくものでしょうか？」

「普通は思いつかねえな」

「ええ。肉食の怪物がベリーを食べるかもしれない、などという売り文句を、デトマールがどこかで吹き込まれたはずです。デトマールに吹き込んだ人間には、ある程度の確信があったと見ます」

「なるほど」

明らかに不自然な部分を作為的なものと推測するのなら、作為には人間の意図が含まれる。

明確に品種改良された果物を、何故か大龍と結び付けて売ろうとした人間が居て、それを偶然デトマールが入手した。偶然を除けば、段々と輪郭が見えてくる。

何もないところから、突拍子もなく大龍の話が出てくるよりは、以前から大龍に関係しているところから連想して、大龍の餌に使えるかも、という売り文句を思いついたと考えるほうが自然。

「そう考えると、品種改良のネタ元が見えてきます」

「え？」

「大龍の餌に、といって持ち込ませるのです。品種改良技術の肝に、大龍関係の〝何か〟がある。

恐らく、昔から軽金を使って品種改良を行っていたのだと思われます。連想ゲームをするなら、一番確率が高い技術ですから。」

「ふむ、ありそうな話ですな。あそこの研究室なら、資金もあるでしょう」

ソキホロ所長は、ある程度の話が見えて来たらしく頻りに頷く。

「そして、最近になって軽金以上に効果の高い龍金が出回るようになった……」

「なるほど、それが、ブレイクスルーってやつですかい」

「ええ。龍金でないにしても、大龍に関係する技術で画期的な進展があったのは間違いない」

「進展があっても、どうにも繋がりが見えねえな」

「つまり、薬植研は、薬としてのベリーを品種改良しているなかで龍に関係する技術を手にした。もしかしたら、何がしかの〝仮説〟を彼らは持っていたのかもしれません」

元々、品種改良の技術が存在し、そこに軽金が使われていたとする。

軽金は魔法金属であり、魔法的な要素で品種改良の効率化を図るのはありそうな話だ。軽金への魔法定着は、研究所内では常識の範疇。汎用化こそされていなかったが、基盤技術としては知られている。薬植研は豊かな研究室であり、魔法使いの協力も十二分にあったことだろう。

そこに、龍金という技術革新があった。龍金と品種改良技術が結びつくとするならば、できた成果物が大龍を連想させるのは容易に想像できる。

魔法使い、龍金、そして成果物。これを、龍の餌になるという推測まで導くために、それぞれを一直線で結ぶ共通点があるはず。

魔法使いと龍金の共通点を、イチゴというものを通して食事というものに繋げる〝何か〟の存在。

ペイスの仮説は、想像の上に成り立つ。

「その仮説とは？」

「龍は、魔力を食う」

ペイスの大胆な仮説。

しかし、これればかりはシイツも否定できなかった。何せ〝孵化〟の時の状況を知っているからだ。モルテールン家の中でしか知られていないはずの〝龍金や魔法の飴から魔力が吸収された〟という観測事実を、である。

改めて、シイツが状況を整理する。

薬植研が、過去より秘密裡に品種改良で軽金を使っていた。そこから派生して龍金を用い、今までにない技術を手にした。ここまでは、わざわざペイスが大金を使っても確定させた事実だ。研究所に行って、これを知る為だけに樽で金貨を運んだ。イチゴ流出犯は結局判明しなかったが、ペイスにはこれで十分だった。

更に、ここからは推測だ。

龍金の〝何か〟が品種改良に必要で、その〝何か〟があるからこそ、只の果物を〝龍の餌〟として連想できた。流出させた人間は、売り文句にする程度には確信をもって品種改良のイチゴを〝龍の餌〟としている。つまり、まるきり無根拠というはずもない。

何がしかの〝計測できるもの〟が、龍の餌を連想させたはずなのだ。

そして、これらのヒントからペイスは〝龍が栄養ではなく魔力を食う〟可能性を思いついた。

「で、どうします？」

シイツの問いに、じっと考え込むペイス。

「……研究室ごと、うちで引き取れませんかね？」

案の定、ペイスの発言はとんでもないものだった。

交渉はスマートに

王立研究所は、神王国における知の集積地である。

国中から賢者を集め、互いに研磨し合い、新たな知識と斬新な発想を追い求め、そして社会に貢献するのが務め。与えられた責務をこなすのは、自他ともに認める知の精鋭。研究員と呼ばれる者たちは誰をとっても特定分野におけるエキスパートであり、頭の良さでいえばピラミッドの頂点に坐する者ばかり。

そして賢い人間というのは総じて、知識欲の旺盛な者が多い。好奇心が強いと言い換えてもよいだろう。

未知に対して率先して立ち向かっていく。何か変わったことや目新しいものには興味津々で近寄ってくる。早い話が、野次馬の上位互換が研究者というものである。

今日も今日とて、頭のいい野次馬たちは一か所に集まっていた。他ならぬ薬植研である。日も高く上り、研究員たちも日々の仕事に追われているはずなのだが、物見高いお歴々は、自分たちの知的好奇心の赴くままに集まっていた。

「まさか、こんな山積みの金貨を見ることがあるとは思いませんでした」

誰の呟きであったのか。

見学で薬植研の人間が冷や汗をかかされてさほども間を置かず、改めて来訪したモルテールン家の次期当主は、魔法で運ばねばならない程の大量の金貨を持ち込んでいた。

百や二百では利かない。軽く見積もって万はあるであろう金貨の山。本気で研究所の床が抜けないものか心配するほどの大金である。モルテールン家の財力を示すにはこれ以上ないほど分かりやすく、そして露骨なアピールであるが、効果的であることに異論はない。

集まった野次馬たちも、目もくらむばかりの黄金の輝きに魅せられている。

現代的に言えば、知り合いの部屋に百億円分の札束が積まれているらしいという噂を聞いたようなものだ。それはもう、野次馬のし甲斐もあるというものだろう。話のネタとしても、一見の価値がある。

「運ぶのも大変だったんですよ？」

実際に金貨を運び込んだのは、力仕事担当の従士達である。しかし、モルテールン領の厳重な管理場所から重たい金貨を運ぶのに、魔法を使ったのはペイスだ。

父親譲りの魔法で【瞬間移動】し、一旦モルテールン家別邸に運ばれた後、馬車を使って運び込まれた大金がコレである。

「しかし、まさか我々の研究成果をそこまで高く評価してくださるとは」

本日のペイスの応対役は、薬植研の室長であった。

ペイスが前回に研究所を訪問した際、多くの研究室に寄付をして回ったというのは既に大勢が知る所。そんな御大尽（おだいじん）が改めてやって来るというのだから、これはもう大事なスポンサーとしてお出迎えするべきである。研究というのは、お金が幾らあっても使い道に困ることはない。あればあっただけ良い研究ができるのだ。気前のいいパトロンは大歓迎であり、室のトップが供応するのも至極当然。

その上、他の研究室には目もくれず、研究所の所長すら眼中に無いまま薬植研を訪れたというのだ。これはもう期待するしかない。つまりは、更なる献金だ。

自分たちの研究に誇りと自負を持つ者として、室長は胸を張った。何処に出しても恥ずかしくない成果を出してきた看板研究室の長として、堂々たる態度である。

しかし、ペイスは別に一つ二つの研究成果を手に入れようと出向いたわけではない。

「我々が求めているのは、研究成果ではありません」

「え？」

意外な言葉に、首を傾げる室長。

「研究室丸ごとですよ」

「はあ!?」

室長は、驚きのあまり腰が抜けそうになった。

何かしら自分たちの成果で欲しいものがあるのだろう、あわよくば派生研究や関連研究にも目を向けてもらい、更なる興味と、そして寄付金・援助金を引き出す。それが室長の当初の目論見であったのだ。それが、言うに事欠いて研究室を丸ごと寄越せと言う。

例えば宝石店で、金払いの良い上客が、そこそこの買い物をしていった。日を改めてやって来た上客に、今度は何を売りつけようかと算段していたところに、店を丸ごと寄越せと言われたようなものだ。

「モルテールン卿はご冗談がお上手ですな」

当然、本気にするはずもない。

大人買いをするにしてももう少し節度というものがある。普通であれば。

「いえ、冗談ではありません。僕はモルテールン家の代表として、この研究室の一切合切を買いたいと申し出ています」

「ほへえ」

しかし、ペイスは冗談ではないと断言する。

「モルテールン領では、当家……子爵家が全面的に出資して、研究機関を立ち上げました」

「はあ」

「規模こそ王立研には及ぶべくもありませんが、それ以外の部分では決して見劣りするものではないと自負しています」

実際、予算の面では下手な王立研の研究室よりも潤沢である。あぶく銭をしこたま稼いだモルテールン家が全面的に資金を出しているのだ。それはもう話を聞いた薬植研の室長でさえ桁を間違えているのではないかと思うほどの資金的余裕だった。

更に設備も、研究者への待遇も、聞けば聞くほど羨ましく思えるものばかり。

「す、素晴らしいですな」

「ちなみに、所長はここにいるソキホロ卿です」

「……卿のことは存じております。元同僚ですからな」

一瞬だが、チリッとした緊張が走った。

元々ホーウッド＝ソキホロ卿と、薬植研の室長は年も近しい関係で長い付き合いがある。ソキホロ卿が優秀な研究者であることは事実であり、若かりし頃は室長としても意識せざるをえない好敵手(ライバル)でもあったのだ。

専門分野こそ違え、お互いに切磋琢磨する競争相手。だった。

いつの間にかソキホロ卿は閑職に追いやられ、成果など出るはずもないと思われていた汎用研に飼い殺しとなる。

気の毒だとは思っていた。どうせ成果も出せないのに、苦労だけさせせられる。そしてついに耐え切れず、研究所を辞めたと聞いていた。

憐憫(れんびん)と、少々の安堵を感じていた相手が目の前にいる。しかも、羨ましいと心底思えるほどの好待遇を受けて。

なかなかに緊張する対面であろう。

「それはそれは。ならば、ソキホロ卿が不当に遇されていたこともご存じでしょう」

「他所の研究室のことは存じ上げません」

嘘である。

汎用研の不遇っぷりは、ある意味では見せしめだった。だから、研究所の人間ならば誰でも知っている。

ちょっと消耗品を買えばなくなってしまう研究予算に、構造的に成果を出せない環境。出世も見込めず、華々しさとは無縁の為に寄付も集まらない。

ああはなりたくない。そう誰もが思えるような状況に、ソキホロはあえて置かれていた。薬植研室長は、知っていて見過ごしていたのだ。

「そうですか。しかし、優秀な人間が不遇をかこつのは、国家としての損失。これを見逃すのは、王家の臣としては不忠でさえある」

「そうかもしれません」

ペイスは、あからさまな嘘を見過ごす。スルーしても話の本筋に影響がないからだろう。そして、如何にももっともらしい理屈を滔々と述べる。

「ずばりお聞きします。貴方も不遇にある一人ですね？」

「な、なにを」

ペイスは、じっと観察をしながら言葉をぶつける。

「でなければ、研究成果の横流しなどしませんよ」

「そのような事実はありません」

「そうでしょうか？」

当初、ペイスは研究成果の横流しは副室長辺りが個人でやっていることだろうと思っていた。それ自体はどうやら正しい見込みだったようだが、それだけでもなかった。

室長まで、同じように横流しをしていたのだ。

別枠なのか、足並みを揃えているのかは定かではないが、先ほどの態度からもペイスは確信した。

何故ならば、横流しに至った動機が個人に根差すものではなく、研究室の構造にあると分かったからだ。そのうえでペイスに対する佞りっぷりや、言葉の端々から感じられる〝モルテールン家への探り〟について、合理的な仮説が成立するとペイスは読んだ。

「龍の癒やしの効果。薬用植物研究室としては、忌々しいと思っているのでは？」

研究室の構造的欠陥。それは〝薬用植物〟と〝癒やしの魔法素材〟が根本的に相反するものであるということ。完全に商売敵である。

龍の癒やしの効果はペイス達の宣伝もあって、また魔法の飴のカモフラージュという意味もあって、明らかにされていた。

多少の切り傷や骨折であれば、龍金でギプスするなりしておけば通常よりも遥かに早く治癒する。それも完璧に。龍金が完全に統制されていて、ペイスがこっそり【治癒】の魔法を付与しているのだから当たり前だ。

病気と呼べるものは、鱗の粉でも飲めば余程の末期患者でもない限り治る。ある程度なら不治の病とされていたものまで治すのだ。

病気や怪我といったものに対して、植物由来の薬効をもって対処しようと研究してきた薬植研は、完全な上位互換が現れてしまったことになる。

今は、龍の素材が大変に高価であることから、薬植研に対する需要は衰えていない。しばらくは、このまま薬植研の必要性も維持されるだろう。

しかし、今後はどうであるか。龍の素材の価格が低下してしまえば、薬植研は大幅に規模を縮小させられるかもしれない。そして、龍の素材が継続して採取できる可能性が、今の神王国には存在する。

ペイスは、室長の腹の内を看破したのだ。

「もしも魔法的な効果で医療が行えるとするなら、薬の必要性は薄くなる。事実として、既に研究資金も減り始めた」

更に、ペイスは自分の推測を乗せる。じっと室長の様子を伺いながら。

「ですから、そのような事実は」

「あります。ほかならぬ貴方は、既に気付いている」

ペイスの推測を否定しようとした室長の言葉を、ペイスは遮った。

熟練の交渉人としての知見が、言葉の中の嘘を見破った為である。

明らかに、薬植研は不遇になりつつある。これが確定できた時点で、ペイスが今日やって来た目的の多くは達成されたに等しい。

「我々に、どうしろと？」

どこか、子供のペイスを侮っていたのだろう。

自分の声が震えていることに、室長は気づいた。

「モルテールン家は、王家に少なからず貸しがあります。この研究所の所長も、ソキホロ卿の件で引け目がある。なくても作ります。そうなれば、研究室を一つ引き取るくらいなら容易くできるでしょう。何せモルテールン家は今お金持ちですから」

やはり、只者ではなかった。

大きく深呼吸した室長は、改めて同じ言葉を口にする。

「我々にどうしろと？」

室長の問いの答えはシンプルだった。

「ドラゴン研究について、協力してください」

ペイスは、とても良い笑顔で笑っていた。

猫なで声と変人

モルテールン領の西ノ村。

ここは、ごくごく限られた人間しか立ち入ることを許されない。

古くは砂糖作りや酒造りといった産業の育成が行われていて、その後はカボチャやカカオといった次世代の主要作物の生産体制の確立もこの場所で模索されていた。

早い話、機密を守る為の村だ。

外部に漏れては拙いが、かといって室内ではどうしようもないことをこの村では行っている。

村人は、全員が古くからモルテールン家に従ってきた生え抜きであり、御用商人のデココや新人従士クラス程度では入ることが許されていない。また、詳しい場所についての情報も秘匿されている。地図というものは存在せず、そもそも道が繋がっていない。周辺より少し窪んだ盆地にある為遠目からでは観測が難しく、カセロールかペイスの魔法がなければ、たどり着くこと自体が困難な場所に隠されているのだ。

そこでは今、とある国家プロジェクトが進行していた。

「ピー助、ほら美味しいよ」

「ぴぃきゅ」

ソフトボール程度の大きさの爬虫類、と思しき生き物が、ペイスの傍で嘶く。可愛らしい鳴き声であるが、侮ってはいけない。これでも尋常でないパワーを持っている。

「ペイストリー様、大丈夫なんですか？」

「大丈夫ですよ。可愛いものじゃないですか」

「でも、あれ……」

「ああ、まあ、大龍ですからね。そういうこともありますよ」

若手の従士クロノーブが気にしたのは、籠である。正しくは、獣を入れて運ぶための檻ではあるが、ペイスが鳥かごにちなんで龍かごと呼んでいるため、そういう扱いになっている。

龍の加護なら縁起が良いというのがその理由だ。

勿論、名前こそ籠ではあっても、素材は鉄でできている。人の指程の太さもある、針金と呼ぶより鉄棒と呼ぶほうが相応しいもので網状に覆ってあり、形としては確かに鳥かごか虫かごのようなものだ。大きさと素材に目を瞑れば。

明らかに一般家庭で目にすることはまずないであろう鉄の檻、ならぬ鉄籠。それの何をもって不安がるのかといえば、籠の一部が大きく歪んでいることだろう。

大龍の赤ちゃんがここに入れられていたのだが、気が付けば檻の鉄棒を力づくでひん曲げて外に出ていたのだ。

どう考えても普通の生き物とは思えない筋力に、若い従士達はビビってしまった。

それはそうだろう。まだ子どもとはいえ、長じれば人間を食うであろう怪物が、檻で閉じ込めておけないのだから。

元気がいいですねえ、などと呑気にほざいたのは、ペイスぐらいのものである。

そんな怪獣の子どもが、今何をしているのかといえば、餌を食べている。

より正確に言えば、ペイスが自分の仮説を検証するべくいろいろと条件を変えた餌を試しているのだ。

ペイスの摘んだトングのようなものの先、挟まれた肉を啄む大龍に、ペイスはよくできましたと声を掛ける。

「良い子ですねえ。じゃあ次はこれを食べてみようか」

カリカリと、羊皮紙（ようひし）に何かを書きつけたペイスは、先ほど啄ませていた肉とは違うものを与える。

クロノーブの見た所、それは葉野菜のようだった。

薄黄色から薄緑色を経て白色になるようなグラデーションの掛かった葉野菜。濃い緑がないだけに、白菜のようなものと思われるのだが、一体何の野菜であるのかはペイスしか知らない。そもそも野菜であるとも限らない。

大龍の赤ん坊は、くんくんと匂いを葉っぱの匂いを嗅ぐ。そしてちまりと葉っぱを齧った。

ペイスは更にそのまま数口を齧らせると、またカリカリと羊皮紙に書き付けを行う。

そして大龍の赤ん坊の頭やあごを撫でて、猫なで声を発する。

「偉いねえ、ちゃんと残さず食べた。じゃあこっちも食べようか」

まるでペットでもあやしているような雰囲気である。繰り返すが、相手をしているのは鉄をも苦にしない強力な猛獣である。

ペイスはそのまま、透明な固形物を龍に与えた。

どうやらそれは龍にとって好物であったらしく、素人であるクロノーブが見ても明らかに反応が違っていた。尻尾をばったんばったんと動かし、乗っていたテーブルを破壊しながら固形物を口にする龍の赤ん坊。

小石ほどの大きさであったものをペロリとひと飲みにした後、もっと寄越せとばかりに、ペイスに向かってきゅいきゅいきゅいと鳴く赤ん坊。

実に愛らしいとばかりに、ペイスはその身を抱きかかえる。頭を撫でながら、猫なで声のまま。

「良い子良い子。ピー助はお利口さんでちゅね。それじゃあこっちに来て、体重を量りましょうね。そう、賢いでちゅねえ」

龍をあやしながら、天秤秤のような装置で龍の体重を量るペイス。

小龍を抱えたまま自分も秤に乗り、後で自分の体重だけ差っ引けば龍の体重が量れる寸法である。物を与えては記録し、体重やら体長やらを量っては記録し、おもちゃを与えては破壊され、走り回ればあちこちにクレーターをこさえる。

実に傍迷惑であるが、やっているのがペイスと龍のペアだ。最早誰も口出しなどできようはずもない。動き回るテロリストが、領地の最高権力まで握っている。迷惑極まりない。

「従士長、若様が気持ち悪いんですけど」

クロノーブは、離れた所から様子を伺っていたシイツ従士長に物申す。

ペイスの猫なで声など、気持ち悪くて仕方がない。普段の様子からすれば、違和感が凄まじいのだ。

「知らねえよ。俺に言うな」

シイツとしても、同感であった。

百歩、いや万歩譲って、猫や犬相手に普段出さないような半オクターブ高い声を出すならまだ許せる。しかし、相手はいつ人間を襲い始めるか分からない怪物の子どもだ。

明らかに恐ろしいものに、気色の悪い声で話しかけるペイス。どう見ても変人である。

より正確に言うならば、元々変人であったものが輪をかけて気持ち悪くなっている。

「何すか、あれ」

「龍の食性と生態の調査、らしいぞ」

「はあ」

ペイスがやっていることは、建前上は純然たる学術研究である。いや、実質としても研究だ。やっていることが何かしらの意図を持っている点は、疑問を挟む余地などない。クロノーブが疑問に思うのは、一体何を調べているのかという点だ。

「あれだよ、坊が龍の食いもんについて、仮説を立てたろうが」

「魔力を食うのかも、ってやつですか」

ペイスが先日立てた仮説について、従士達には知らされている。勿論、確定していない情報であるとの前置きはされていたが、ペイスが言うのならそうなのかもしれないという程度の信頼度はある。シイツの勘と同じぐらいには、ペイスの推測は当たるのだ。

「それを確かめて確定させるのは、本来モルテールン家に王家から与えられた仕事だろ」

「そうでしたっけ」

「そうなんだよ」

若い人間ははっきりと分かっていない者も居るのだが、そもそも大龍の生態について調べるのは王家からの勅命である。

現状、大龍の赤ん坊については分からないことが多すぎるのだ。それ故、国内でも単体では最強格の一人に数えられるモルテールン卿に預けて情報を集めよう、というのが王宮の偉い人たちが考えた方針であった。

鉱山のカナリアか、でなければ地雷原に放たれた犬か。

何か予想もしていない危険があったとしても、被害を真っ先に受けるのはモルテールン家である。そして、カナリアが最後まで無事で、犬が生きて渡り切った道であるならば、多少は安全であろうと後から付いてくる者も出るはず。

危ない橋は他人に渡らせておいて、美味しい所は自分たちで手に入れようという策だ。

宮廷貴族達らしく、実に姑息ではあるが、モルテールン家が龍については今のところ一番詳しく、危険に対する対処能力も一番高く、被害がいざ起きた時でも対処が最も迅速に可能である、という点に反論しようがない。なまじ能力が高い息子が居るのも、策謀に拍車をかけている。

だからこそ龍の生態についてはできるだけ早く解明し、他所に厄介ごとをたらいまわししたい。というのがモルテールン家の、少なくともシイツやカセロールの思惑であった。

計算外があったとするのならば、ペイスの情の深さだろうか。

他人にとっては危険な怪物であっても、ペイスにとっては単なるファンタジーな生物である。ファンタジー云々に関しては生まれてこの方、今更の話であり、ペイスにとっては何の恐怖も持たない。いや、持てない。

初めて魔法を見た時に、そのファンタジーっぷりに目を輝かせたのと同じぐらいには、ドラゴンに対して目を輝かせている。

それが、幸運であったのか不運であったのか、ペイスは龍の赤ん坊の世話を嬉々として焼き、龍の子もまたペイスに非常に懐いていた。

「坊、そろそろ良いでしょう。そんなに構い倒してりゃ、情が移りますぜ？」

「おや、もうそんな時間ですか」

「赤ん坊可愛がるのも良いですが、そろそろ思案もまとまったでしょうが」

「そうですね、データも揃ってきましたから、話をする頃合いでしょうか」

「お？　それじゃあ」

「ええ、皆を集めてください。会議をしましょう」

ペイスは、何も遊んでいたわけではないのだ。

忙しい執務のなか、合間を縫ってピー助を愛でていた。

その理由は仕事だからであり、分かったことは周知徹底するという前提の下で好きにやらかしていたのだ。

招集をかけてより小一時間の後。

会議室に全員が集まった頃合い、開口一番にペイスが言う。

「薬植研の研究成果を強奪……もとい、提供いただいた結果、ピー助の食性がおおよそ判明しました」

金に物を言わせて、研究成果から研究設備から、そして研究員まで。丸ごと引き抜いたことを提供というのなら提供なのだろう。

モルテールン家に植物の品種改良技術を囲い込んだ事実は大きい。

そして、改めて研究所の成果を踏まえ、またペイス直々に検証した結果、確信の持てる事実が判明したのだ。

「ドラゴンは、魔力で育つ」

間違いない事実として、ペイスは断言した。

今まで仮説であったものが、仮説ではなくなったのだ。

ドラゴンは、食物から栄養だけではなく魔力を吸収している。元々軽金や龍金のような魔力素材は、魔力を溜めると質量が増える性質があった。龍も同じ。魔力を含むものを食べた場合、普通の生き物では吸収できない魔力まで吸収しているため、体重増加に顕著な特徴がみられた。

また、龍の嗜好（しこう）としても魔力の含有量が多いものを好み、魔力を感知しているであろう様子も観察できている。

結論として、龍は魔力で育っていることが分かった。これは、今後の飼育に関しても大きな成果であろう。

「まずは、人間が好物ということにはならず、ひと安心ですね」

「坊はいつでも人を食ってますがね」

「わははは」

他にも諸々、今後の方針や注意事項等々、細かい連絡事項を通達したところで、会議は一旦解散になる。

まずは、大龍が好んで人間を食い散らかすような生き物ではなく、明確な嗜好が見えたことは朗報だ。最悪の事態は人間が大好物、というケースだったのだが、それは避けられた。

やれやれ、これで大きな問題が一つ片付いた。

そう、会議の後にシイツ従士長や重臣の面々がひと息ついた時だった。

彼らモルテールン家の古株たちに、慌ただしい知らせが飛び込んでくる。

「ペイス様が倒れました!!」

騒動は、これからが本番のようだった。

リコリスの慰め

ペイスが倒れた。

その凶報に際し、事実確認を行ったのはシイツ従士長だった。

現状で大龍に関することは機密に属する。もしかしたらこの機密に抵触するかもしれないと思えば、余人に代えがたい。

事実確認に要した時間は三十分も掛からなかっただろう。

「従士長、ペイストリー様は？」

「心配ねえよ。ほれ、仕事に戻れ。散った散った」

確認を終えたところで、不安そうにしていた従士達を仕事に戻らせたシイツ。

その足で、モルテールン家のプライベートスペースに足を向けた。本来であれば許可の要る立ち入りであったが、現在は非常事態。

「シイツさん、ペイス様はどうしました？」

「まだ寝てまさぁ」

最初にシイツが報告に来たのは、ペイスの妻であるリコリスだ。主家の伴侶ということで、ペイスが倒れてしまえば彼女が最高責任者となるのだから。

旦那が倒れたと聞いて不安そうなリコリスに、シイツは笑みを向けた。

「安心してくだせぇ、大したことはねぇんで」

「そうですか、良かった」

「全く、起きてても寝てても騒動ってなあ、こちとらいい迷惑ですぜ」

やれやれ、と肩を竦めるシイツ。

ペイスという男は、余程トラブルに愛されているのだろう。立てばトラブル座れば騒動、歩く姿は迷惑だらけ。おまけに寝てても周りを騒がせるとくれば、いっそ神々しささえ感じる。加護というものがあるなら、間違いなく悪戯の神に加護を受けているだろう。

自分が巻き込まれることでなければそれも良いだろうが、否応なく関わらざるをえないシイツとしては、せめて寝てる時ぐらいは静謐（せいひつ）を保ってもらいたいものである。

「何があったんですか？」

「あのチビドラゴンがやらかしたんでさあ、若奥様」

「やらかした？」

「ああ」

リコリスは、妻として事情の説明を求めた。これは状況を把握する為にも当然のことだろう。

シイツ曰く、ペイスが倒れた原因は、やはりドラゴンにあったという。

「坊が、王都から研究者引っこ抜いて来たでしょうが？」

「そんな根菜みたいに言わなくて良い気もしますけど……」

「細かいことは良いんですよ。引っこ抜くってのが不味けりゃ、引っ張ってきたでも構いません」

「はい」

「それで、いろいろとドラゴンについて調べてたでしょう。嫁さんほったらかして」

「ええ、そうですね」

ペイスが、〝少々〟乱暴な手を使って人材を採用してきたのはリコリスも承知している。そのうえで、それらの人材を用いて大龍の研究を進めていたのも周知の事実だ。

最近は、龍のことがなくとも忙しかったペイス。それに加えての龍の生態調査だ。正直、リコリスとしてももう少し夫婦の時間を取りたいという思いはあった。

シイツの揶揄に、大きく頷いて見せるリコリス。

「それで、食事にどうやら魔力が関わっているらしいってのが分かったんだとよ。どうやって調べたのかは俺にはさっぱり分からんが、坊が断言できるだけの調査ができたって話があったばかりで」

「はい、そうなのですね」

龍の食事については、リコリスは初耳だった。

魔力が関わるといわれても、魔法使いでもないリコリスにはあまりピンとこない。

「魔力をより多く含むものを好む。坊が倒したドラゴンが人を食ってたのも、人が大なり小なり魔力を持ってるからだな。これは推測ってことらしいんですがね」

「意外な事実ですね」

人を食う、という話も、リコリスは顔色を変えずに聞いている。

割とペイスに染まってきた彼女は、少々のことでは動じないだけの肝を育てているのだ。いきなり戦争吹っ掛けて戦いに行ってきました、などと抜かすトラブルメーカーの傍に居れば、嫌でも鍛えられるというものだ。

「それが分かったところで、止めておきゃ良かったんだ」

「止めなかったんですか？」

「坊ですぜ？」

「ああ、そうでしたね」

ペイスという少年は、言い出したら聞かない頑固さを持っている。或いは、思いついたら実行に移せるだけの行動力に溢れていると言うべきか。

何にせよ、いざやるとなれば人の二倍や三倍は活動してしまうのがリコリスの旦那だ。これが知的好奇心と結びついた時にどんな化学反応が起きるのか。それは火を見るより明らかだ。

止まらない。

自分が納得し、満足できるところまで、知恵の限りを尽くして突っ走ってしまう。

そんな姿を容易に想像できてしまった若妻は、またも深く頷く。

「魔力を含んだ飴を好み、軽金や龍金の魔力を吸収し、ドラゴン素材で育てられた食い物は大好物。じゃあ、魔力を直接与えたらどうなるんだ？　と研究者が疑問を持ったわけだ」

「確かに、気になりますね」

ペイスや研究者が知恵を寄せ合った結果、魔力を龍が食すことは確定した。

更に、魔力の蓄えられているであろう物質を好むことから、魔力の二次摂取が可能であることも判明している。

ならば、魔力の直接摂取は可能なのか。一次摂取はできるものなのか。

この疑問は当然に生まれるものだろう。

仮に、物に蓄えられた魔力のみを摂取するというのなら、大龍は何かを食べなければ生活できないことになる。対し、魔力を直接摂取できるとなれば、極論すれば魔力の漂うような場所に居るだけで、食事は必要がないことになる。

生態の調査というのならば、確かに必要なことであったのだろう。それは間違いない。

しかし、やり方が拙かった。

「止めときゃ良いものを、坊はそのまま自分の魔力を与えた。そしたら……」

「……倒れたと」

「ああ。魔力の使いすぎで、というか食われすぎで」

ペイスは、龍の餌として自分の魔力を直接与えた。魔力の感知や操作に一定の知見がある魔法使いだからこそできたのであろうが、史上初めてともいえる試みは、成功半分失敗半分に終わった。

勿論、当初の目論見どおり龍の餌として魔法使いが魔力を直接与えられることが分かったのは大きな成果だ。この知見を生かしたならば、龍が人を食うという懸念を大幅に減らすことができる。また、餌を固定してしまえば、それは躾に役立つだろう。動物の躾に餌を用いる方法は、モルテールン家もハースキヴィ家から学んでいた。当時は熊を躾けるために習い覚えたものであったが、応用すれば龍の躾も可能かもしれない。

仮に大龍をしっかりと教育し、飼いならすことが叶えばどうなるか。

これは、前人未到の大偉業と言えるだろう。世が世なら由緒ある学術賞を総なめにできるレベルである。

だがしかし、ペイス自身が倒れたというのは将来に大きな不安を残す結果だ。失敗ともいえる。

最大の問題は龍が大喰らいであると分かった点。

ペイスの魔力保有量は、国内でも屈指。教会の折り紙付きであり、ペイス以上に魔力を持つ人間を探すほうが困難というランクに居る。そのペイスであっても、たった一匹の赤ん坊ですら満腹にさせられなかったという目の前の事実。恐らくペイス自身には、自分で駄目ならどうせ他の人間を使っても同じ結果になる、という厳然たる目安があったに違いない。だから、ペイスですら量り切れなかった龍の食欲の限界について、未だ判明していないのである。

これが、もう一人二人の魔法使いが魔力を食われておしまいというなら、まだ問題は軽い。だが、それ以上となれば魔法使いを龍の餌やり専任に雇ったとしても何人要るか想像もできない。

つまり、育てられる人間、或いは家などというものが存在しうるのだろうか、という現実的な問題が出てくるのだ。

一番厄介な状況とは、ペイス数人分の魔力が餌やりに必要だと確定した場合。大量の魔力が必要ではあるが、やりようによっては何とかできなくもない、という状況になること。

こうなると、魔法使いを一番抱え込んでいる教会が大きな発言力を持つことになる。モルテールン家としては、苦労するだけして、美味しい所を教会に掻っ攫われるということになるし、今後龍素材が、改めて教会の独占となる可能性すらあるのだ。

また、龍がこのまま味をしめてしまわないかという懸念もある。

一度、ペイスの魔力という大量の餌を手にできてしまったのだから、今後も同じようにペイスに餌をねだるようになるだろう。その先に、ペイスを含めて人間を餌と刷り込んでしまう懸念がゼロとは言えない。

「困ったことになったな」

「そうですね。ペイスさんが無事だったのは良かったですけど」

「勝手に殺処分ってわけにはいけねえしな」

龍は王家からの預かりという形である。

これが、やむを得ない事情で死んでしまうことは言い訳もできるだろう。魔力が餌と分かる前であれば、餌を食べずに餓死してしまうかもしれないと思われていたのだ。同じように、不測の事態、不可避の事情で龍が死んでしまうことは、王家としてもリスクとして織り込み済みであろう。

だが、これがモルテールン家の一存で殺してしまったら、それは大問題だ。将来にわたって龍素材という財宝を生みだし、対龍の戦いに備えての知見を得て、諸外国へのアピール効果も抜群のものを、勝手になくしてしまうのだから。

最悪、不敬罪で一族郎党死刑もあり得る。

せめてペイスが起きて、まともな判断を下せるようになるまでは手を出すこともできない。実にじれったい思いである。

「大事なのはこれからですね」

リコリスの意見には、シイツとしても肯定しかない。

「坊の魔力はモルテールン家の資産でもある。いざって時に魔法が使えませんってんじゃあ話にならねえからな」

「そうですね」

今後、何をするにしてもペイスの居る居ないの違いは大きい。王都にいるカセロールと連絡を取り合うにしても、或いは周辺諸領や親しい貴族と連携を取るにしても、ペイスという存在の有難みは、シイツとしても嫌というほど分かっている。伊達に、迷惑をかけまくっていても領主代行とされているわけではない。能力だけは極めつけに優秀なのだ。

「このまま坊が寝たままってのは無いでしょうが、一カ月ぐらい狸寝入り（たぬきね）りかますぐれえならやりかねねえな。さっさと布団から引きずり出さねえと」

シイツが、若干物騒なことを呟く。

「一カ月？　何かあるのですか？」

「ああ。王家から取り合えずと言われてるのがその期間なんでさあ。それを過ぎれば、とりあえず一旦王家に返還するってことになってますんで」

「なるほど」

様子見も、ひと月あれば十分だろう。そんな思惑が透けて見える。あまり長期間モルテールン家に預けておくと、そのまま既成事実化して龍がモルテールン家の物になるかもしれない、という懸念だ。

「一カ月……さっさと終わらねえかな？」

「過ぎてしまえばあっという間ですよ。きっと」

リコリスの慰めの言葉を、シイツは素直に受け取ることができなかった。

別離

世の中にとって幸いなことであるかどうかは人によるが、一応は幸運なことにペイスの容体はすぐにも回復した。元々魔力を使いすぎるということに関しては、モルテールン家にはある程度の知見があったのも回復が早かった要因の一つだろう。モルテールン子爵カセロールは【瞬間移動】を使い、従士長シイツは【遠見(とおみ)】を使うのだ。どちらもいざという時は頻繁に使うし、使えば使えるだけメリットがあるのだ。若かりし頃は無理をして魔力が足りなくなったことなど何度もあった。
一方ペイスは、生まれ持った魔力が膨大なこともあり、魔力不足というのは殆ど初めての経験だったのだ。

普通の魔法使いであれば、最初に魔法を授かったあたりで使いまくって一回は経験することなのだろうが、今更になって経験することになったというだけペイスの騒動癖は健在である。

「すっかり、坊も元気になったな」

「ええ。元気になりすぎてますね」

元気になったペイスが、まずやったことは勿論厨房に行こうとして部下に捕まえられることである。お菓子が、スイーツが僕を呼んでいるんです。などとほざきやがる輩を、二人掛かりで執務室に連行。今は仕事の方が優先に決まってるだろうがこの菓子ボケ、という説教と共に軟禁された。

目下、モルテールン領の政務は忙しさに拍車がかかっている。通常の政務だけでも普通の領地以上に仕事があるうえ、龍の機密保持対策に常以上の警備体制を敷いているのだ。外に出ている人間も呼び戻しての厳戒態勢。非常時に決断を下せるトップが不在など、洒落にもならない。

更に、大龍関連の研究で、ペイスの人身御供の甲斐もあって著しい進展が見られたのだ。追加の研究、派生の研究、改めての追研究などなど、機密の塊がダース単位で生まれている。

ペイスが居ると居ないとでは、仕事の進み具合が雲泥の差なのだ。

シイツ従士長としても、やむなく、嫌々ながら執務室にペイスを軟禁しているのだ。素晴らしい笑顔で。

「仕事が減りません」

「口よりも手を動かしてくだせえ。とりあえずそこにある奴片付けりゃ、急ぎの仕事は終わりですんで」

そして幾日かのペイスの奮闘の甲斐もあり、晴れて幾ばくかの気晴らしの時間を捻出できた。

時間ができたとなれば、ペイスはお菓子作りや妻との語らい、或いはペットまがいの動物との触れあいで心を癒やす。

今日は、一応は大龍の教育という名目。ペイスはピー助を連れて人目のない荒野に来ていた。

一緒に連れてこられた部下たちは、少々呆れ気味だ。口の悪い連中に至っては、もう少し大人しくしててくれたほうが良い。何なら首から上が動くなら寝たままで良かったとまで言うほどである。

「行きますよ。それっ!!」

「ぴいっ」

ペイスが、小さい御手製の布ボールを遠くに投げる。距離にして二十メートルは飛んでいるので、なかなか良い肩だ。伊達に体を鍛えているわけではない。

特筆すべきは、そのボールを追いかけているのが、体長がバレーボールほどに大きくなった龍ということだろうか。

前足というのか何というのか。両手と思しきものを皮膜と共にを動かしながら、更には首を上下に揺らしながら走っている。尻尾もふりつつ。

サイズを勘案しなければ、なかなかにユーモラスで愛らしい爬虫類の動きであろう。

飛んで行ったボールを咥え、ペイスの元に戻ってきた龍の子。その頭を撫でながら、ペイスはボールを受け取った。

「よくできました。はい、ご褒美です」

「きゅきゅぅ」

ペイスが与えるのは、飴の欠片。勿論、魔力がふんだんに込められたものである。

目下、ペイスが忙しい時間を押して龍と遊んでいるのは、ここに多分な意味合いがあるのだ。

魔力を〝食われすぎ〟て倒れてより、大至急行わねばならなかったのは〝人間の魔力を直接食べる〟ことを、間違っていることだと教えることだった。そうでなければペイスや、或いは他の人間が魔力を食われて軒並み倒れることになりかねない。

そこで、モルテールン家としては頼もしき縁戚に助力を乞い、龍の躾トレーニングを何とか急ごしらえで作り上げた。

それに従い、ペイスが餌でないことと、餌はちゃんと貰えることを教え込んでいるのが今だ。

躾トレーニングの方法で参考にされたのが、狼の躾け方と、熊の躾け方と、蜥蜴の躾け方と、鳥の躾け方である。それぞれやり方は異なるし、知能レベルも全然違う。どれが大龍の躾け方に一番近しいかなど、この世の誰も知らない。

しかし、全てに共通するのは〝反復〟が重要であること。

まずは、餌を餌であると教える訓練に始まり、餌をもらえる行動を体に覚えさせる。更には望ましくない行動をした時にはちゃんと叱る。

試行錯誤を繰り返しながらのチャレンジ。

ペイスが引きこもったまま訓練をしていては、〝ペイスが餌〟という認識を持ったまま躾けられてしまうかもしれないという懸念から、ペイスが直々に躾ける必要がある。そういう結論が、猛獣飼育のエキスパートであるハースキヴィ家から齎されたのだ。

シイツなどは仕事が滞ると渋い顔をしたが、かといって代案があるわけでもなし。今のところ、遊んでいるとしか思えないペイスの行動も、黙認せざるを得ない状況である。

「食べすぎては駄目ですよ。ではもう一度、それっ」

「ぴぃっ」

もう一度投げられたボールは、綺麗な放物線を描きながら遠くに飛んでいく。

羽をぱたぱた、しっぽをくねくねさせながら、とてとてと走ってボールを取って来るピー助。見守るペイスはとても純真な笑みを浮かべている。

ボールを咥えて戻ってきたところで、頭を撫でながらまた飴をひと欠片与えた。

「良い子ですねえ。はい、ご褒美です。美味しいですか？」

「きゅっきゅう」

まるで人間の言葉が分かるかのように、ペイスの言葉に反応する大龍。

魔力の籠もった飴を貰ってご機嫌なピー助は、尻尾をぴたんぴたんと動かした。そして地面が尻尾の形に抉(えぐ)れる。

「ピー助は本当に賢いですね」

「きゅい」

尻尾の一撃で地面が抉れていることなど、龍が大人しくボールを取ってくるようになったことに比べれば些細なことである。

ペイスは、大龍とのスキンシップを楽しんでいた。

「あはは、くすぐったいですよ。よしよし」

ピー助が、チロチロと細長い舌を出してペイスの顔を舐める。

これが捕食活動なのか、或いは親愛故の行動なのか。

少なくともペイスは親愛行動と受け取ったらしく、気にすることなくスキンシップを続けた。

「あれが、ドラゴンってのが信じられねぇ」

「そうですね」

シイツ従士長と部下のプローホルは溜息をついた。

ペイスの肝の太さは今に始まったことではないが、成長すれば人間をダース単位、小隊単位で食う化け物をあやしているだ。他の人間においそれと真似のできるものではないと、感心するしかない。

そもそも、今のペイスの朗らかで闊達（かったつ）な様子と、明らかに懐いている大龍の様子とを見れば、本当に目の前の生き物が伝説に謳われた大龍であるのかも怪しくなってくる。

「どう見ても、犬じゃねぇか」

シイツから見てみれば、尻尾を振ってじゃれついている時点で犬である。

「犬より賢いみたいですけどね。ハースキヴィ家の見立てで」

「ハースキヴィの連中も災難だよな」

「本気で逃げてましたからね」

「そりゃ逃げるだろ。腐っても龍だぞ?」

「まあ、そうなんですけど」

大龍の躾をしなければならないという話が持ち上がった際、ハースキヴィ家に助力を乞うという点については早々に結論づいていたし、異論もなかった。既に以前、熊の調教について助力を乞うた実績もあるし、獰猛な獣の扱いについては一家言ある家だからだ。

しかし、大龍を直接躾けてほしいという要望は、ハースキヴィ家から勘弁してほしいと泣きが入った。

実際に大龍を見てみたい、などと言っていた嫁も居たらしいのだが、ハースキヴィ家当主は流石に自分の手には余る事態だと困惑すること頻りであったという。

失敗すれば食われるかもしれない。或いは、調教に不備があれば王家が関わるだけに物理的に首を飛ばされるかもしれない。

ペイス程のクソ度胸を持てなかったハースキヴィ家では、躾けるための知恵は貸しても手は貸さない、という結論をモルテールン家に伝えていたのだ。

それも仕方ねえ、と溜息をつきつつ、シイツは空を見上げた。

そして、どうやらそこそこの時間が経過していることに気付く。

「坊、そろそろ会議の時間ですぜ」

「分かりました」

これで仕舞いだと、ペイスは真上にボールを投げ上げた。

それが終わりの合図だと既に覚えているピー助は、ひと際張り切ってボールを見つめ、更には落ちてくるところをダイレクトにキャッチして見せた。

「うん、上々です」

ペイスは、大龍を専用の小屋に連れていって、そう呟いた。

この小屋、何と総龍金製である。正しくは、龍金の網で骨組みが作られた壁でできている。

ただの鉄では簡単に脱走されてしまうという事実から、試行錯誤の末に作られた大龍小屋なのだ。

龍金に魔力が自然に溜まるものなのだが、それを片っ端から食っているのが中の龍。しかし、魔力の空っぽの龍金は、近接或いは接触すればそれなりに強い吸引力で魔力を吸おうとする。

龍が魔力を吸おうとする力と、龍金が魔力を蓄えようとする力。それが、ある程度の量の龍金で釣り合うことが判明。この檻が作れるのはモルテールンだけである。とりあえず、継続的に魔力を込めさえすれば閉じ込め続けられる劣化版の檻もあるのだが、それは王家に販売予定。

取り急ぎ、やっと龍を閉じ込めて置ける場所が完成したという訳だ。

ただし、日に日に龍は成長しており、建て増しを何度か行っているという話もあるのだが。

「しっかし、大きくなりましたね、ピー助」

「ええ、そうですね」

小屋のサイズは、既にちょっとした倉庫ぐらいはある。ソフトボール程の大きさであったものが、既に小型犬ぐらいの大きさにはなっているのだ。

成長著しいとはこのことだろう。

ピー助の成長を、ペイスだけは喜ばしいことと受け取っていた。

他の連中は、厄介さが日に日に増していくのだから、いつ暴れ出すかと戦々恐々としている。

そんな部下の懸案もなんのその。

ペイスは、会議室に部下たちを集め、会議の開始を告げる。

「それでは会議を始めます」

最初は、定期報告から。

案の定、龍の秘密を狙って有象無象がやって来ていたことであるとか、臨時支出があったために
モルテールン家の樽貯金が幾ばくか減ったことであるとか。

しばらくいつもどおりの会議が行われた時。

もう報告事項もなかろうと、皆が帰り支度を意識し始めた時だった。

「そして最後に。ピー助とのお別れについて、話すとしましょう」

ペイスの、若干言いよどんだ発言に、皆の気持ちも大きく揺さぶられるのだった。

名

神王国王都。

王宮の青狼の間に集められた面々は、居住まいを正して静かに座っていた。姿勢を正したまま黙っているのは、これから国王臨席の会議がある為である。

尚、青狼の間ということは、ここに集められた人間は全員が貴族階級以上ということだ。大勢の人間がしわぶき一つあげずに着座を崩さない。

「一同、大儀である」

部屋に最後に現れたのは、神王国国王のカリソンである。

「さて、かねてよりモルテールン子爵に申し付けていたドラゴンの飼育について、子爵から報告があった」

国王の言に、集まった貴族たちはいろいろな思惑で満たされる。

「詳しいことはジーベルト侯爵より説明してもらおう」

「はっ、玉命（ぎょくめい）承りました」

指名されたのは内務尚書たるジーベルト侯爵だった。

立ち上がった男は、集まった面々にも馴染み深い、宮廷貴族のドンである。

「では、私より経緯をご説明いたします。」

資料なのだろうか。

幾つかの羊皮紙の巻物を手元に置きながら、その一つを広げて確認しつつ、内容の要点らしきものを話し始める。

「そもそもの始まりは、ボンビーノ子爵家並びにモルテールン子爵家が、大龍を討伐したことに遡ります」

まずは前提の説明から。

集まった貴族には遠方から来た者も居て、事情をよく知らないまま集められたものも居る。そもそも領地貴族は中央の政治については疎くなりがちであるし、まして今回は秘匿性の高い事柄について取りざたされていた。情報伝達の精度に各家ごとのばらつきがあり、遅いところだと人伝（ひとづて）の噂でしか情報を得られない人間すらいる。例え龍という特大の情報であっても、例えばモルテールン家とボンビーノ家が連合して倒したことなどは、知らなかったとしても不思議なことではない。

「両家の奮闘もあり討伐された大龍は、モルテールン家が引き取ることとなりました」

この辺りから、流石に殆どの人間は知っていることになる。

モルテールン家が自らの城に大龍を飾っているなどといって、大げさであったり、微妙に違ったニュアンスだったりで情報が伝わることはあるのだが、全く知らなかった人間はほぼいないだろう。

「モルテールン家では龍の解体を進め、素材については王都にて広く販売されたことはご承知のことと思います」

更に、王都で行われたオークションに至っては、知らないものはいまい。

貴族たるもの、龍の素材の一つぐらいは持っているべきだ、といった風潮もあった為、皆がこぞってオークションに参加したのだ。

つまり、ここまでが全員の知識について足並みを揃える前振り。ここからが、本題ということになる。

「そうして解体した結果、龍の残留物から卵と思しきものが発見されたのです。これを王家へ渡す際に窃盗騒ぎがあり、やむなくしばらくの間モルテールン家の手元に留め置かれたわけですが……留め置かれている間に、龍が卵より孵るという事件が起きました」

ここで、一旦場がざわつく。

龍の卵が見つかったということ、王都でその卵の窃盗騒ぎがあったこと、卵がモルテールン家の手に預けられていたこと、卵が孵化出来る卵であったこと、更には卵から龍が孵って龍の子供が生まれたこと。

貴族家とはいえ情報には偏りがあるわけで、全部について初めて聞いた人間も居れば、ほぼ全部知っていた人間もいた。

だが、どれをとっても一大事である。一つだけでもひと月は社交界を賑わせるであろう内容が、幾つも並べられた。ざわついてしまうのも仕方がない。

しばらくの間、ざわつきが収まるのを待っていたジーベルト侯爵。時間にして五分は待っただろうか。流石にざわざわとした雰囲気が落ち着いたところで、話を続ける。

「孵ってしまった龍がどのようなものか、その時点では全くの不明。何を食すのかも不明ですし、どの程度の力を持つかも不明でありました。まかり間違って王城で不利益をまき散らす可能性も懸念されたため、ひとまずは引き続きモルテールン家で預かるという決定が為された次第です」

集まった面々は一瞬戸惑ったが、龍の齎すであろう不利益については想像ができた。子どものころから聞いていたおとぎ話でも、大龍が襲ってきて人家に甚大な被害を齎すというのはありふれた話なのだ。子どもの龍とはいえ、警戒してしすぎるということはないだろう。

全員の顔にある程度の納得感が浮かんだところで、ジーベルト侯爵は席に着く。

変わって話を続けるのは国王カリソンだ。

「ご苦労。既に件(くだん)の子龍が孵化してよりひと月が経った。前代においても史上においても未聞であるが故にモルテールンに任せきりになってしまったが、晴れて謎の一部が解明され、ひとまず今後も生育するに足る情報を得たということであったな」

国王が目線を向けた先には、じっと気配を押し殺していたモルテールン子爵カセロールがいた。

ここで下問があったからには答えないわけにもいかない。

「はい」

短く一言、首肯(しゅこう)したカセロール。

詳細についても既に報告済みなので、自分からは多くを語るつもりもないと、じっとしていた。

しかし、周りの空気がモルテールンに沈黙を許さない。国王や内務尚書の言葉といった二次情報でなく、モルテールンからの一次情報を直接聞きたいと誰しもが望んでいる。

「ふむ、詳しく聞こう」

場の空気を読んだ国王が、カセロールに対して続きを促した。

「さすれば、まずはドラゴンの食性を調べるにあたって、王都から研究員を雇用して作業に当たりました」

大龍について最初に調べねばならなかったのは、生育が行えるかどうかだ。

それができなければ早晩死ぬ。特に食べ物については調査の意義は大きく、〝人間の肉〟以外で育てることができるかを調べるのは最優先事項だった。

そこで、モルテールン家は王立研究所に出向き、有力な情報を既に持っていたと思しき研究員を〝穏便に〟雇用することとした。

更にそれらの研究員の協力と、モルテールン家独自の調査研究により、大龍の食事を含めた最低限の育て方を確立したとカセロールは説明した。

部屋の中のお歴々は、大龍の研究が一歩も二歩も進んでいるという現状を知り、どよめく。

「ドラゴンは、何を食べるのか」

「さすれば、ドラゴンは雑食性と判明しています。より正確に言えば、果実、芋、家畜の肉、鮐、魚、葉野菜、果ては木材なども食べてしまいました」

「何でも食う、ということか。人間も食うのか？」

「人に噛みつくようなことは現状有りませんし、体の大きさ的に当分は人間を餌とみることは無いと思われます。将来は分かりませんせん」

「それでは、先々には人間を喰らうかもしれぬではないか」

大龍の被害を実際に受けたものや、大龍の伝説をおとぎ話として口伝してきたものなどは、カセロールの話に不安を煽られた。

今のところは人間を食うような真似はしていないが、雑食性ということで肉も食べるのが確定している。人の味を覚える前に、始末しておいたほうが良いのではないか、との意見もチラホラ出ていた。

「勿論、将来のことは分かりません。しかし、当家の調べでは人を食う懸念は極小に出来得ると思われます」

「どういうことか」

「大龍は、人間を好んで食しているのではないと判明したのです」

「詳しく説明を」

皆が興味のあることだったのだろう。カセロールに更なる説明を促す声に、賛同する声が重なった。

「先に申し上げました通り、龍は雑食であることが早いうちに確認されました。そこに我が息子が、特定の条件によって明確な嗜好の違いを見出すことに成功しております」

「明確な嗜好？」

「はい。例えば龍金を用いて育てられたベリーに著しく反応を示したそうです。同じように育てながら、龍金を用いず育てたベリーにはさほど大きな興味を示さなかった。同様に条件を比較しながら、同じ食物を与えるという実験を行いました」

「ふむ、面白い」

普通、何かしら好物を探るとなれば与える餌の種類をいろいろと変えて試してみるところだ。芋と葉っぱなら芋のほうが好きそうだ。ならばじゃが芋とサツマイモと里芋ならばどれが好みだろうか。蒸かしたほうが良いのか、生のほうが良いのか。

といった比較検討をするのが普通のやり方だ。

しかし、ペイス達はある意図をもって、一つの条件のみを変えただけで全く同じものを与えてみたのだ。

「結果、ドラゴンは魔力を多く含むものを好んで食すことが判明いたしました」

「魔力だと？」

「はい。幸いにしてモルテールン家には魔法使いが居ります故、魔力に不足はなく、ドラゴンをひと月の間育てることに成功。現在の所健康とみられ、これを以てドラゴンの生育に関する知見を得たと判断した次第です」

大龍が孵化する際に魔力をごっそり奪っていった、という情報は伏せられている。そんなものは貴族が聞いたところで意味はないだろうし、一時的にとはいえ大龍がモルテールン家の金庫室の守りを弱体化させていたのだという話は、外に出しにくい情報でもあるからだ。

「暴力性は見られるのか？」

「いいえ。息子に非常によく懐き、愛くるしささえある程だと。人に害を為した例は報告されていません」

今のところ、大龍の赤ん坊は大人しいものだ。ペイスにじゃれつこうとするところは変わらないが、ある程度はペイス以外の家人にも慣れてきていた。

カセロールなどは、生まれて初めて龍の頭を撫でたことに年甲斐もなく興奮したほどである。

更には、躾けについても殊の外上手くいっていて、トイレの場所もきちんと覚えたし、食事についても待てを覚えた。

多少の芸を覚えたのだと思えば、大龍というものはなかなかに賢い生き物であるらしい。

「よくやった。ならば、これ以上はモルテールン家だけではなく、より多くの者にも協力を頼むべきであろう」

「御意(ぎょい)」

元々モルテールン家は、龍に危険がないかを見極める先導役であった。その役割を十全に果たしたというのなら、後のことは他に任せるのが筋というものである。

「重ねて、モルテールン子爵の功績には厚く報いよう。まずは、勲章といったところか」

「あり難き幸せ」

「うむ」

金は腐るほど持っているモルテールン家。新たに与えるのであれば、名誉であろう。

龍を手懐けるという功績をたてたのだから、賞するのが当然。

カセロールの胸に、また新たに勲章が増えることが決まった。

「では、後を引き継ぐのは誰が為すか」

「当家にお任せを。魔法使いを二人抱えておりますれば、龍の育成に関しては最善であると自負いたします」

「いや、それなら我々も同じ。翻って我々に龍を賜れば、もって国防に寄与すること疑いようもない」

「いやいや、それならばうちが」

カセロールは既に他人事のつもりで聞き流していたが、龍の恐怖が薄れれば、後に残るのは利益である。誰が龍を引き取るのか。実に醜い駆け引きが始まっていた。

そして、ある程度予想された利益の綱引きを、傍観している者は他にも居る。

国王カリソンだ。

彼は、騒がしいなかからカセロールを傍に呼び、小声で尋ねる。

「ところで、龍には名前を付けたのか？」

「はい」

カセロールの顔が、一瞬歪む。

息子が、まさかあんな名前を付けるとは思っていなかったのだ。

「ピー助、と」

歴史に名を遺すであろう偉業の証として、あまりに気の抜ける名前である。

国王は、龍の名前にゲラゲラと笑いをあげるのだった。

涙の疑惑

「それでは、定例の会議を行います」

ペイスの発声から、モルテールン家の会議が始まった。

いつもどおりの状況、いつもどおりの会議であるにも拘らず、何故か雰囲気が重たい。

「ではまず、東部地域から。ビオレータ、お願いします」

「はい。えっと、東部地域担当のビオレータより、現状を報告します」

すっと立ち上がったのは、年若い女性であった。

モルテールン家従士としてはラミト達と同期に当たる女性であるが、つい先日まで産休と育休で仕事を休職していたビオことビオレータである。

男尊女卑の思想がある神王国。女性で兵士になるのも珍しく、ましてや引き立てられて従士となるものも希少な世界で、結婚後に退職をしないで雇われ続けているとして、ちょっとした話題になったプチ有名人でもあった。

モルテールン家に存在する、世にも珍しい育児休暇制度というものの初めての利用者。

彼女が女性であるにも拘らず従士として部下を率いる立場に立てていて、更には結婚もできていて、おまけに子供まで産んでも仕事を続けられる。

実例として存在していることの強み。モルテールン家は、他所に比べると異常なほど従士における女性の比率が高い家である。

元々、優秀さを買われて雇われたビオレータである。多少気弱な雰囲気がしているが、仕事はきっちりこなす。

尚、か弱そうな見た目に反して、中身は辛辣で肝っ玉が太いことは一部では常識である。

「えっと、家畜の現状について、先月は七頭の子牛、十四頭の子ヤギ、二十頭の子羊、百十一羽のひよこ、一頭の子馬が増えています」

旧リプタウアー騎士爵領。現在のモルテールン領東部地域は、ペイスによる領地の魔改造前から比較的雨に恵まれていた地域である。

それ故、魔法も使った農地拡張が盛んに行われていて、特に家畜については集中的に領主家主導で増産に励んでいた。

ペイスとしては牛を増やし、牛乳の生産量を増やし、バターや生クリームの生産量も増やしたいと常々目論んでいるのだが、如何せんものが生き物だけに増え方はゆっくりとしたものだ。

「豚についてはどうなんだ？」

シイツ従士長の質問が飛ぶ。

お菓子の為に牛を増やしたいペイスと違い、シイツ従士長をはじめとした年かさの連中は、豚を増やしたがっている。酒のあてにソーセージやベーコンが良いという意図からだ。

増やすという点では、牛より豚のほうが増やしやすく育てやすいというのもある。

「今月に出産ラッシュです。概算で二百頭ほど」

「良いじゃねえか。畜産も軌道に乗って来たな」

集まった従士達の顔色は明るい。

家畜は、財産だ。数が増えればそれだけ将来が豊かになっていく。大きな支障もなく畜産業が発展していっているのは、喜ばしいことだ。

「しかし、ザースデンだけでも需要を満たすに足りていません。もっと増やさないと」

本村の治安維持担当である若手の一人が、家畜の更なる増産を提案する。

目下、人口が増え続けているザースデンで、度々食肉の不足から諍(いさか)いが起きていることを知っているからだ。

行商人も多く出入りする為、ある日突然一切の肉が手に入らなくなる、などと言うことはない。しかし、領内の生産量が限られている以上、輸入による波で供給が不足するタイミングも出てくる。

増産については頷く従士達だが、渋い顔をする者も居た。シイツである。

「増えすぎると餌に困るぞ?」

「家畜飼料を輸入するほうが、家畜を輸入するより安くつくって言ってたのはシイツさんでしょう。家畜飼料が安い時に買い溜めておくってのも良いと思います」

どのみち、肉需要は増える一方だ。ならばどうにかして肉を供給せねばならない。

輸入量を増やすのも立派な一手であるが、肉や肉加工品を輸入するより、飼料を輸入して領内の家畜を増やすほうが領地経営としてはメリットが大きい。

それは分かっていると、シイツも頷く。

「そりゃあそうだが、話が逸れているな。悪いビオ、続けてくれ」

「はい」

若干、会議の筋が逸脱しかけていると、シイツが気づく。

ビオに対して、続けるようにと指示があったことで、改めて彼女は説明を続ける。

「えっと、馬については、軍馬の調教ができるかはまだ分からないということで、農耕用に転用することも考えて育てる方針です」

「よし」

モルテールン家にとって、馬は需要が高い。軍馬として活用できるなら尚更だが、農耕馬としての需要も健在で、幾らいても良いというのが農政担当者の率直な意見だった。

ただし、馬の調教という点では、流石にフバーレク家のように専門的な知識があるわけでもない為、どこまでできるか心もとない。

どうやって馬の生産体制を整えるのか、そしてどうやって軍馬として育てていくか。本腰を入れてやり始めると、フバーレク家の利権に手を突っ込むことになる為、加減が大事である。

「次に農作地について、開墾は第三次計画の消化をほぼ終えました。穀物に関してはこれで現状の需要を満たす計算になります。えっと、秋口から第四次計画を進めて、モルテールン領内で自給の体制を作りつつ……何だっけ?」

「受け入れ可能人口を」

「ありがと。受け入れ可能人口の倍増を目指すことになります」

「新しい計画が秋口からとなったのは、ドラゴンのせいだよな？」

「はい。開墾含めて新規に大きな工事が必要な案件は止めるように指示されていますから」

モルテールン領の抱える人口は、右肩上がり。外部からの流入というのも大きいし、医療体制をペイスが整えているため、他所の領地などに比べて乳幼児死亡率が格段に低いというのもある。

人口が増えるということは、それだけ食料も必要になるということ。どこまでの人口を抱えられるか。冷静に計算したうえで、自給自足状態でも何とか養えるぐらいの状況は作っておきたいと、モルテールン子爵などは考えていた。

一連の報告を終えたところで、ビオレータは席に着く。

「ご苦労様です」

ペイスが、説明していたビオに労いの言葉をかけ、そして次の人間に目線を向ける。

「次は新村の状況を」

「では新村については私から」

領主代行の視線を受け、次に立ち上がったのは長身の女性だった。トバイアムなどと共に新村の治安維持に当たっているコローナ＝ミル＝ハースキヴィだ。

腕っぷしの強さには定評があり、新村に居着いている荒くれた連中からは、姐(あね)さんと呼ばれて親しまれていたりもする。

「新村では、明確に外部からの流入が増えています。村に至る街道に簡易の検問所を設けて名前と出身地を記録するようにしたところ、明らかに不審な行動をとった者を五名捕まえました」

武家の出身らしく、余計な前置きはしない。

単刀直入に、現状で報告すべき問題を挙げる。

「不審な行動とは？」

「名前を一旦預かった後、あえて間違った名前で呼びかけた際に、間違っていると指摘せずに居たものが二名。恐らく偽名と思われたために取り調べた所、潜入を命じられていたと白状しています。また、出身地について軽く質問した際に、誤ったことを言ったり、誤魔化そうとしたものも捕まえています。これが三名でした。同じように取り調べた所、やはりこちらも潜入を命じられていたと白状しています」

「どこもかしこも、うちに探りを入れに来てるってことか」

モルテールン領に入ってくる人間で、外国や他領のスパイは今更だろう。秘密をたくさん抱えているし、それでなくともお金持ちになっている。更には当主は王都で重要なポジションに就いているのだ。

探りたいという人間は、毎月毎週、一定数湧いてくる。何なら、新しく入ってくる人間が全員スパイであったとしても驚くことではない。

「検問は公務でしたので、これらの者には公務を妨害したとして労役刑を科しました。しかし……」

続く言葉を、女性従士が言いよどむ。

「新村については裁量権を与えていましたから、刑罰を科すのに問題はありません。他に何かありますか？」

　言いにくそうにしているところで、ペイスが助け舟を出した。

　この場は会議である。発言においてはよほどのことがない限りは罰せられない。それが例え領主家批判であっても。

　それが、モルテールン家における会議のルール。

　笑顔のまま続きを促すペイスに、改めてコローナは発言を重ねる。

「推測ですが、検問を上手く抜けた工作員も居ると思われます。これについては如何対処しましょう」

　彼女が言いよどんだのは、恐らく自分たちの仕事が甘い、手緩いと思われるかもしれないと危惧したからだろう。少なくとも、自分たちが検問しているところで、工作員が流入しただろうと、自分から報告するのは戸惑っても仕方ない。

　心配ないと安心させるため、笑顔のままで頷いたペイス。

「放置は拙いか？」

　即座に、グラサージュが疑問を呈する。

　問題があるならまずは対処から。意思決定の早いモルテールンらしい切り替えだ。

「一応それなりの対策をしているから大丈夫だとは思うが、かといって自由に動き回られると思いもよらぬところから水が漏れるってのはあり得そうだ」

「そうだな。放置するのは拙い。本格的に根こそぎ捕まえようとまでは思わないが、我々の目を意識させる必要はあるだろう」

目下、防諜対策としてはいろいろと工夫している。例えば、モルテールンでも限られた者しか場所を知らない西ノ村であったり、研究所の地下に作られている厳重管理区域であったり。

少々の工作員が本村をうろついたところで、どうにかなるものではない。

しかし、隠しているものはどれほど厳重であってもそのうち見つかる。上層部が気にしているのはその点だ。

「例の卵隠しの時みたいに一斉捜査をするってえのはどうだ？」

「一度やって警戒されてる。あれはあれで効果があったのだから、二度やる意義は薄い」

「なら、他に何をする？」

「そうだな、防諜専門の組織を作るというのはどうだ？」

「人手が足りねえよ。今から教育するのか？」

「そういう組織が有る、と匂わせるだけでも効果的だろう」

侃々諤々。

議論百出の中で、幾つかの良案と、倍するボツ案が討議される。

小一時間ほど内容を揉んだところで、ある程度の方向性は見えてきた。

「ま、こんなもんだろ。坊、とりあえず、これで良いですかい？」

従士長が、議論も煮詰まったとまとめに入る。

部下の提案を受け、ペイスも満足げに頷く。

「そうですね。全員、ご苦労様です。また来月の定例会では改めて今月あった動きも報告できるでし

「よし、お祭りについての話し合いもあります。それまで各自仕事に励んでください。以上、解散」

会議の終了を議長役の少年が告げたところで、従士達は三々五々散っていく。

夜勤明けでこれから帰る者以外は、仕事がまだある者が殆どだ。

「何か、普通でしたね」

「あん？」

金庫番ニコロが、連れ立って会議室から離れる森番のガラガンに話しかけた。

「特に新しいこともなく、トラブルもなく、ペイストリー様の無茶ぶりもなく」

「良いことじゃねえか」

そもそも、定例の会議で毎度毎度突拍子もない騒動が報告されるのがおかしいのだ。平穏無事で世はこともなく。実に良いことだとガラガンは言う。

「変じゃないですか？」

「何がだ？」

「ペイストリー様の元気がなかったというか」

「ああ、何となく分かるな」

ニコロに言われて、ガラガンも心当たりを口にする。

いつもなら、率先して議論を掻きまわすペイスが、妙に大人しかった、と。

「それなんですが……俺の見間違いかもしれないんですが、若様が泣いていたっていうの、信じますか？」

ペイスが泣いていた。

その言葉に、ガラガンは驚くほどに動揺した。

「何？　あの人が？　泣いてた？」

「そう見えた……って話です。ほら、龍の赤ん坊を国に返した時」

「ああ、結構若に懐いてたよな、あれ」

「執務室に行ったら、若様が一人で居て……目元が光った気がしたんです」

「……マジか」

ニコロは、金庫番として時折執務室に行く。

領主館で仕事をする時間が長いため、ペイスと顔を合わせる機会も多いのだ。

所用があって執務室を訪れた際、ノックして部屋に入ったところでペイスが窓際に居たという。

すぐにも仕事の話をし始めたのだが、どうにも部屋に入る前は泣いていたのではないかという疑惑がぬぐえない。

ニコロも、そしてガラガンも。

どうにも居心地の悪い気持ちを感じるばかり。

「迷惑まき散らすのも困るけどよ、大人しすぎる若ってのも気持ち悪いよな」

ガラガンの言葉に、ニコロは大きく同意した。

涙

ホノバノ＝ミル＝グメツーナ伯爵（はくしゃく）。

彼は代々宮廷貴族として王宮に勤める伯爵家の当主であり、内務系貴族として隠然たる影響力を持つ国家の重鎮である。

現在は農務尚書に任じられていて、神王国全体の農政を取り仕切る立場にある。

前代の農務尚書は不正蓄財という形で職を追われ、そのあとを引き継ぐ形で尚書の座を射止めた政治的強者だ。要領が良いともいえる。

元々、前農務尚書の引き落としに関しては多分に軍務閥の政治工作が関わっており、グメツーナ伯爵が今の地位に上ったのも、軍務系貴族と強いパイプを持っていたから。そして、率先して上に居る連中の足を引っ張ったから。

内務閥の中では軍務閥と親しく、農務全般で軍人に配慮が偏っているとの批判もあるのだが、それだけに軍人の受けは良い人物である。

「よし、よし!!」

グメツーナ伯爵が、自宅で大きく体を動かしながら、こぶしを握り締めて喜びを露にしていた。

「これで我が家には金の成る木が生えた」

金の成る木とは、大龍のことだ。

先だって行われた会議。事前の入念な根回しと、数々の政治工作の結果、晴れて農務で大龍を保護することが決定されたのである。

これは喜んで然るべきだろう。

「鱗一枚でも百クラウンは堅いでしょう」

「多少散財したが、それぐらいはすぐに取り返せるだろう。いわば投資したに過ぎない」

グメツーナ伯爵は、軍務貴族と縁が深い。

そこで、カドレチェク公爵をはじめとする軍人たちに、あの手この手で根回しをしていた。軍家閥が大龍を囲うのなら、自分にも噛ませてほしい。仮に内務閥が大龍を囲うことになったとしても、せめて農務で囲うように推してほしい。

根回しの内容はこんなところだ。

散々に泣き落としを掛けたところもあれば、金をバラまいたところもある。

更に、内務系の貴族には、自分たちが大龍を囲うにしても、せめて軍務閥との摩擦を避けるために農務に任せてほしい、という根回しもしていた。

結果、軍人と官僚の妥協の産物として、グメツーナ伯爵の所に大龍を預けることとなったのだ。

三権の内二つが合意すれば、外務閥がどれだけ騒ごうとも手は出せない。

農務貴族としては、大龍が人に懐いたという報告から〝家畜〟として扱うことを求めた。羊から羊毛を取り、牛から牛乳を搾(しぼ)るというのなら、大龍から鱗を集めるのも畜産の一環であるという主張だ。

仮に危険な状況になれば、軍人に管轄が移る、という付帯条件こそ飲まされたものの、晴れて大龍は家畜であると認められた。

農務貴族は大金星といえる成果を得たことになる。

「これがドラゴンか」

早速手元にやって来た龍を、感慨深げに見るグメツーナ伯爵。

そもそも官僚たる農務尚書が責任をもって預かる、という形になっているわけで、決してグメツーナ伯爵の個人所有になったわけではないのだが、貴族社会というのは公私混同が当たり前である。

自分の手にお宝が来たと、グメツーナ伯爵は無邪気に喜ぶ。

「意外と小さいですな」

部下の農務次官の言葉に、愛想よく答える中年貴族。

「なに、これから大きくなる。いや、なってもらわねば困る。家畜を育てるのは、我々の仕事であろう」

ぬははと機嫌よく笑う上司に、次官も同調する。

「まずは、我が家に連れていくか」

勿論、言うまでもなく大龍は国家の宝である。所有権は王家だ。

しかし、管理権をグメツーナ伯爵旗下の農務貴族が獲得した以上、きちんと監視できるところに大龍を〝保護〟するのは当然だろう。

つまり、グメツーナ伯爵邸である。

グメツーナ伯爵の知る限り、最も警備が厳重な場所がそこなのだから、仕方がない。

中央軍も屋敷の警護には協力してくれるというのだから、伯爵は高笑いだ。

「おい、ここがお前の部屋だ」

龍金製の特別な檻ごと運ばれていた龍が、少々乱暴に放り込まれる。

部屋そのものは非常に豪華な部屋だ。部屋の半分ほどが鉄格子に囲まれていることを除けば。

ちなみに、龍金製の檻はモルテールン家からの借り物である。正しくは、許可を取ったうえで王家から又貸ししてもらったもの。これはすぐにも返さねばならない。

「私は早速王宮に御礼言上（ごんじょう）に行ってくる。くれぐれも、目を離すな」

「分かりました」

伯爵家の選りすぐりの精鋭たちが、力強く請け負う。

一命に代えてでもこの場を守るという裂ぱくの気合である。

大龍はお宝そのもの。伯爵邸の周りを国軍が固めているとはいえ、決して安心はできない。

龍をとりあえず部下に任せ、次官と連れ立って王宮に出向いたグメツーナ伯爵。

根回しの結果の報告と、御礼等々をするために幾人かの貴族と面会する為だ。

明るい間に出て、邸に帰ってきたのは夜も遅くなってから。

ちゃんと大龍が無事でいるかだけが気にかかり、これでも急いで帰ってきたほうである。

家に帰ってより、真っ先にグメツーナ伯爵が向かったのは龍を閉じ込めている部屋。

飼っている龍が無事であったのか、確認せねばと気も急いていた。

部屋の扉を開けた瞬間、彼の目に飛び込んできたのは空っぽの部屋だった。

「おい、閉じ込めていたのにどこ行った‼」

カッと頭に血が上ったグメツーナ伯爵は、思わず大声で叫ぶ。

声を聴きつけ、すぐにも部下がやって来る。

「駄目です。力が強すぎて、鉄格子が破られてしまいました。今、別の部屋に逃げ込んだのを閉じ込めた所です」

「ならば、何故捕まえない。閉じ込めたというのなら捕まえるのは簡単だろう」

大龍の赤ん坊は、動きはさほど早くない。全速力で動いても、人間の子どもが歩くよりも遅いぐらいだ。別の部屋とはいえ、追い詰めたというのなら捕まえることもできるはずだ。

グメツーナ伯爵は、不甲斐ない部下に何故部屋に入って捕まえないのかと問いただす。

「それが、逃げ込んだ場所が閣下の執務室でして」

「何、私の執務室だと⁉」

伯爵は、農務尚書という職位を持つ以外に、貴族家の当主でもある。

貴族家の当主としては余人に聞かせられない話や、見せられないものの一つや二つは抱えているものだ。故に、日頃は執務室に入る人間は限られている。勝手に部屋に入った者は、理由を問わず罰するのがグメツーナ伯爵家の法であった。

部下たちが、部屋に大龍を閉じ込めておきながら手を出せない理由がここにある。

「やむを得ん、入室を許可する。すぐにでも連れてこい」

「はっ」

「いや、待て」

すぐに動こうとしていた武官を呼び止めた伯爵。

何秒か考えた後、自分も一緒に行くと言い出した。

グメツーナ伯爵は、執務室の中にはかなり危ない資料もあることを思い出したのだ。不正を行った人間の証拠をもみ消した時に、交渉材料の質草にと手元に置いておいた不正の証拠であるとか、農務尚書としての職権を少々乱用して貯めた金貨の裏帳簿であるとか。

部下に万が一にも見つけられては面倒だ。龍が暴れていると不測の事態もあり得るが、ここは自分の監視が必要だと判断した。

そして、部下たちに部屋の封鎖をさせつつ、執務室を開けた時。

伯爵の目には、荒れ果てた内部の姿があった。

「おい、止めろ‼　お前ら、あの暴れ龍を抑えろ」

慌てて大龍を捕まえようと動き出す面々。

「ぎゃあ、最高級の絨毯(じゅうたん)が穴だらけに‼」

脚力が強いのか、或いは穴でも掘ろうとしたのか。

一流の職人が三年以上かけて作ったという最高級の絨毯が、大龍のせいで穴だらけになってしまっている。

こんな損失、想定外だとグメツーナ伯爵は頭を掻きむしる。

「おい、そのテーブル、幾らすると思ってるんだ‼　あぁ‼」

更に、逃げ回る龍がテーブルを壊す。体当たりして足を折ったところで、天板も尻尾の一撃でべっこりと折れた。

何とかして押さえようと部下も奮闘するのだが、龍の力が馬鹿みたいに強い。二人三人に捕まられた状態で、普通に走り回っている。

「おい、餌だ!! 餌で釣れ!!」

龍の餌は魔力。

この事実がモルテールン家によって明らかにされたことは大きい。少なくともグメツーナ伯爵が、部屋の外に龍をおびき出すことに成功したのだから。

元々、王宮には常時多くの魔法使いが雇われている。国の共有財産のようなものだが、農務としては地面に対して作用するような魔法を持つ者を常に抱えている。

土壌の操作や、水撒きに適した魔法を使う者。グメツーナ伯爵は、大龍の餌の為に、かなり出費を覚悟して魔法使いを専用に雇っていた。

「糞ッ、餌に金が掛かりすぎる!!」

グメツーナ伯爵がまた頭を掻きむしる。

大龍が部屋を出て徘徊した理由が、食事を欲してのことだという推測はできた。しかし、魔法使いが五人、倒れるまで魔力を絞り切っても、大龍の腹は満ちていないらしいと分かったところで、頭を抱える。

「魔法使いもタダではないのだぞ!!」

一人雇うにも大変な魔法使いを、五人も雇う。

これとて、大龍を自分で抱えるためには必要なことだった。

必要経費と割り切っていたはずなのだが、大龍の食欲の旺盛さが予想以上だった。完全に計算外である。

「もう駄目だ!!」

結局、グメツーナ伯爵は五日間、頑張って飼育した。

大龍の餌の為に魔法使いを増員し、しょっちゅう逃げ出しては邸を破壊するのにも耐え、金貨が馬鹿みたいに飛んでいくことも投資だと言い聞かせて我慢に我慢を重ねたのだ。

しかし、五日目。ついに龍によってグメツーナ伯爵自身が吹っ飛ばされて、足の骨と肋骨(ろっこつ)と手の骨を折るという重傷を負ったことで、我慢も限界だと結論付けた。

「……どうしますか?」

「陛下に返還するか」

「それだと面目が……」

自分たちならば大丈夫、と請け負って預かった者が、やっぱり無理でしたと泣きつく。

どう考えても格好悪い。面目というなら潰れに潰れた有様。

だがしかし、これ以上はどうあっても飼育ができない。グメツーナ伯爵家が破産しかねない。

「やむをえない。やむを得んのだ。このままでは家ごと潰されるのも時間の問題だ」

今でこそ、部屋の破壊で済んでいる。

しかし、これが家ごとの破壊になるまで、どれほどの時間が要るのか。或いは明日にでも壁やら柱やらを壊し始めるかもしれない。

そこまでやられれば、もう無理だろう。

ならばどうするか。

グメツーナ伯爵は、実に安直な解決方法を思いついた。

「誰か、別の奴に押し付けてしまおう。何なら、モルテールンでも構わん!!」

結局、元の鞘に収めるに限る。

グメツーナ伯爵は、大損をしたまま涙を流すのだった。

イチゴタルトは涙味

「陛下。外務尚書から、大龍の飼育権を返還したいと申し出がありました」

「……これで、何件目だ?」

「五件目であります」

「うち一件は、お前か」

「はっ。恥ずかしながら、当家では手に余る事態となりました」

ジーベルト侯爵は、恥じ入った姿勢で深く頭を下げた。

先ごろ、龍の飼育について自薦に基づき権利が割り振られた。

農務尚書から始まり、財務尚書、軍務次官、外務尚書、果ては内務尚書まで。

最初は、大龍の飼育権を手にした者たちは喜んだ。所有権こそ王家から不動であるが、飼育する権利があれば、龍から採れる鱗などは自由に差配できる。実に美味しい利権であり、皆が皆群がった。

だが、最初に農務尚書が自分の手には負えないと言い始め、次に権利を勝ち取った財務尚書までが匙を投げる事態に至ったことで、多くの人間が思い始めた。

これは、貧乏くじなのではないか、と。

「死者は出たのか?」

「いえ。ただし、怪我人が数名とのこと」

「死者が出てないのは不幸中の幸いなのだろうな」

大龍の飼育について、何よりも困難なのは大龍が人に懐かないということ。

より正確に言うならば、大人に懐くことがなく、若年者には懐くものの、大龍の持つ力が凄まじいため、若年者が近づくとじゃれ付かれただけで怪我をする。

大人ならば暴れられて怪我をして、大人しくさせるために子どもを使えば子どもがじゃれ付かれて怪我をする。どう転んでも怪我人を量産してしまう為に、育てるのは困難極まるという状況が明らかとなった。

更に、大龍を閉じ込めておくことが難しいと判明した。龍金でできた檻ならば、魔力が蓄えられている限りは閉じ込めておける。魔力の込められた量で質量や強度が変わる金属こそ魔法金属であるからだ。軽金以上の強度を誇る龍金ならば、最良の状態であれば龍も手が出せない。数々の犠牲の上で実証されるに至った事実だ。

だが、龍は魔力を食べるのだ。どれほどしっかりと魔力を込めていようとも、何日かすれば龍に魔力を食われて檻としての強度を保てなくなる。

ならば、常に魔力を龍金に込め続ければよいではないか。

そう考えて試そうとしたのが、ほかならぬジーベルト侯爵だ。

魔法使いを何人か揃え、専任で檻に魔力を込め続けさせた。

だが、魔力を使いすぎて倒れる魔法使いが、指折り数えて両の手の指で足りなくなった時点で、不可能を悟った。どうあっても、長期間維持し続けるだけの魔法使いが揃えられない。そう計算できてしまったからだ。

無傷で返上したのは、ジーベルト侯爵のみ。他の家は、いろいろと試しながらも軒並み怪我人やらを出して返上している。

最悪だったのは農務尚書だろうか。

家を半壊させられた。物理的にだ。返上する際に、農務尚書自身も骨折させられていて、事の重大性を知らしめるのに一役買ったことは甚(はなは)だ余談である。

「他に、我こそはというものは居ないか？」

「一応おりますが……恐らく、飼いならすのは不可能でしょう」

物が物だけに、もしかしたら自分たちであれば上手く飼えるかも、という期待をもって、手を挙げている家はある。

しかし、ジーベルト侯爵の見るところ、見込みは薄い。

既に、有力貴族は揃って手を引いている。傍観を決め込むことに決めたのだ。有力貴族が、可能な限り情報を集め、出来得る限りの可能性を模索したうえで、手を引いた。この事実を見ても、それ以外の中小貴族が上手く御せるとは思えない。

「やはり、王家が引き取るしかないか？」

「それができれば理想ではあります」

「お前の見立てでは、不可能か」

「不可能とは申しません。魔法使いを毎日ダース単位で使いつぶす覚悟があるなら、可能です」

「実質不可能ではないか」

魔法使い以外でも魔力を持つ者は多いが、やはり魔力量という意味では魔法使いが一番多い。その魔法使いを一番多く抱えている家は、王家だ。

王家の抱える魔法使いをフル活用すれば、龍を飼いならすことも、閉じ込めておくことも、できるかもしれない。計算上はできると内務尚書は言う。計算するのは内務貴族の十八番である。

しかし、王家の抱える魔法使いは、皆が皆有益さを認められている魔法使い。魔法を使ってほしい場面は幾らでもある為、たかが龍一匹の為に何人も使い物にならない状態にさせてしまうのは国家の損失である。

「……やはり、手は一つしかないと思いますが」

「返す返すも残念だ。あそこには負担をかけてばかりだ。何か報いてやらねば」

国王は、深く懊悩(おうのう)するのだった。

その日、モルテールン家に大龍がやって来た。

厳重な龍金製の檻から飛び出した金属色の生き物は、ペイスを見つけると檻を壊さんばかりに騒ぎ出した。

「ピー助!!」

「ぴゅい!!」

「待ってください。すぐに出してあげますから」

檻を開けた瞬間。ピー助は、ペイスに飛びついた。

大きさ的には子犬(パピー)程度であるにもかかわらず、ペイスに与えた衝撃はかなりのものだった。並みの人間ならば骨の何本かは折れていたはずの衝撃。

しかし、事前に予想済みだったペイスは、力を上手く受け流して、可愛い家族を受け止めた。

「お帰り」

「きゅうぴゅい」

ペイスの腕の中、必死に鼻先を擦りつけ、甘えた様子を見せる大龍。

「結局、騒動を起こすだけ起こして、何も変わらず、ですかい」

「そうではありませんよ。ピー助が、名実ともにうちの子になりました。神王国の全貴族がそれを認めたのですから、これからは隠す必要がなくなります」

紆余曲折があった。幾つかの貴族が大損をこき、幾つかの貴族が後釜をしくじり、幾つかの貴族が大けがをした時点で、モルテールン家しか御せないという結論が出たのだ。

これは大きい。

今後はモルテールン家が〝王家の所有する大龍〟を飼育しているという事実は公表される。つまり、大龍に何かあれば。例えば誘拐されるなどということがあれば、それ即ち神王国全体を敵にするということである。

大手を振って、大龍を育てることができるとあって、ペイスはピー助の頭をくりくりと撫でまわす。撫でられたほうも甘えた声を出しながら嬉しそうである。

「これから、その子はどうするんです？」

「一応は僕の傍で育てるつもりですが……他の人間に徐々に慣らしていくつもりです」

「いずれは、坊が居なくとも育てられるように、ですかい？」

「ええ。理屈ではそれが正解というのが明らかですから」

モルテールン家において、ペイスは唯一無二である。他に替えの利かない能力を幾つも持っているし、立場としてもモルテールン家次期当主という地位だ。余人に代えがたいのは誰の目にも明らか。

大龍は、大変に貴重であり、重要な資源の生産に欠かせない。動くお宝であり、歩く金貨だ。それがペイスに懐いていて、モルテールン家のみが飼育に適するというのは朗報だろう。どう転んでもモルテールン家のメリットに繋がる。

しかし、大きな利益になるからといって、大龍にペイスが付きっ切りで居るのも拙い。替えが利かないのは先のとおりなので、ペイスがフリーで動けるようにしておくのもモルテールン家としては重要なことである。

理屈ではペイスも分かっている。

問題は、感情的にどうか、だろう。

「……どうしようもない親馬鹿になるってのは、親譲りですかね」

「どういう意味ですか？」

「そういう意味ですぜ」

モルテールン家の初代は、自分の子どもを溺愛(できあい)する親馬鹿だった。とにかく子どもを大事に育て、分不相応と思えるような教育もし、子どものことは目に入れても痛くないほど可愛がっていた。

勿論、子どもというのも個性があるし、それぞれに手を焼くことはあった。特に末っ子に関しては騒動が服を着て歩いているような息子だ。頭が痛い思いをしたことは数えきれない。

それでも、愛情だけは常に欠かさず、今もなお社交の場に出るたびに息子の自慢をするのがモルテールン家の子爵閣下だ。

親馬鹿が遺伝していても不思議はねえ。とシイツはしたり顔で頷く。

「非常に不本意な評価ですね」

「その子ドラを猫可愛がりしてて、不本意も何もねえでしょう」

抱えた大龍の鳴き声に、ペイスは反論を諦める。

「僕はこの子には厳しく教育するつもりですが、それよりもまずするべきことは、お披露目でしょうか」

「お披露目、ねえ」

「領民にも広くお披露目して、この子が賢くて害のない存在だと周知しなくてはなりませんから」

「害のない？」

「そうですが、どうかしましたか？」

貴族を数人病院送りにしておいて、無害と言い張るペイスの面の皮の厚さたるや、シイツは改めて驚くばかりだ。

「いきなり大龍がお友達になりますってんじゃあ、領民が驚くでしょうぜ」

「それもそうですね。まずは改めて身内からの周知でしょうか」

「そりゃそうだ」

領民に広く宣伝する前に、モルテールン家の家人に改めて大龍の紹介をすべき。

特に、ペイスの妻たるリコリス。彼女はペイスにとって最も身近な存在である。つまり、ピー助がペイスの傍にある限り、ピー助と最も接する機会の多い者ということである。

最初に報告するべきなのは間違いない。

「じゃあ、早速お祝いをしましょう」

「お祝い？」

何言ってんだ、という気持ちを言外に込めたシイツの問い。

周知徹底を図るという話が、何をどうとち狂ってお祝いという話になるのか。

「最初は、普通の報告で良いかと思ったんですが」

「それで良いでしょう」

「ピー助がうちの子になるというなら、味気なさすぎるじゃないですか」

「そんなもんですかい？」

やはり、親馬鹿か。

シイツの心中は、親馬鹿二世の誕生を祝福する気持ちでいっぱいである。勿論、祝いの言葉にはデカデカと「俺の苦労を増やすんじゃねえ」と添えてある。

「ピー助の好きなもので御馳走です。イチゴ三昧です!!」

「はい？」

そして、更に意味の分からないことを言い出した。

イチゴというのは、研究所から強奪してきた貴重な研究材料のはずである。それをよりにもよって、龍の餌にすると抜かし始めた。

「まずは、イチゴタルトから。さあ、忙しくなってきましたね!!」

うひょう、とピー助を振り回しながら、領主館の厨房に向かうペイス。

それを見送るシイツは、呆れるほかない。

「ま、元気になったなら良しとしますかい」

ペイスの頬に嬉し涙が光っていたことを、シイツ従士長は心の中に仕舞っておくのだった。

第二十九.五章

日常の裏側

王都の商売人

神王国王都。

常から人の集まるこの街では、他の街に比べて商人の地位が高い。

人口密集地帯である首都圏だけで、全ての衣食住を賄うことはできないからだ。多くの人口を養えるだけの供給能力は、王家の直轄地や、或いは貴族領地からの流入によって補われている。必然、流通の担い手である商人の出番は多い。

コート＝マクウェルも、王都では知られた商人である。

四十そこそこの中年であり、働き手としては今が盛り。白髪の交じった茶髪は清潔感をもって整えられており、髪型というなら真ん中からきっちり分けられている。背もさほどに高くはないが、かといって低くもない。中年独特の丸みはあるが、太っているというほど肉がついているわけでもない。一見すると何処にでもいそうな雰囲気ではあるが、勿論ただの人であるわけもない。

彼はロジー・モールト協同商会という商会のトップであり、主な商材は宝飾品や金属関連。とりわけ、外国との通商においては神王国でも三本の指に入る程の大商会であり、パトロンは幾つかの外務貴族が担っていた。

外務貴族とは、基本的に人付き合いが仕事。貴族同士の交渉事や、揉め事の解決がその本分。会社で例えるならば営業部や法務部のようなものだろうか。

そも、人間相手の交渉では基本だが、嫌われている相手との交渉事は難しい。好意的に接している者同士の交渉事のほうが、嫌悪されている相手との交渉よりも遥かに楽だ。

必然、贈り物を贈り、或いは受け取る機会が増える。賄賂(わいろ)が公然とまかり通る社会。何かしらの便宜を図ってもらうのに、必要最低限の贈り物はむしろ不可欠だ。

この贈答品に関して、特に秀でた専門性を有する商会。それがロジー・モールト協同商会である。初代であるロジーとモールトの二人が立ち上げ、代々の会頭(かいがしら)が発展させてきた商会。既に五代目となる現会頭コートも、その基本は変わらない。人付き合いにおける円滑な仲立ち。それを助けるために、物を購(あがな)うのが自らの責務と自認する。

貴族社会で人にお願いごとしたり、或いは好感度を上げるために贈り物を贈らないという選択肢はないため、今日も今日とて商人は働く。

そんな、毎日忙しくするコートの耳に、一つの噂話が舞い込んだのは突然だった。

「龍の子どもがモルテールン家に庇護され、飼育されることになった、だと？」

「はい」

耳に入った情報とは、先ごろ王都を騒がせた一大事件の続報である。

「確かな話か？」

「複数の筋から同じ話が上がっていますので、恐らく」

部下の言葉に、怪訝そうにするコート。

ことの重大性を鑑みれば、慎重に慎重を積み重ねて、尚も慎重になるぐらいが良い。

「複数とは、具体的には何処と何処だ」

情報の精度を上げたいなら、先ずは情報の仕入れ先を多様化するのが最善だ。

一つの出所でしかない情報は、必ず偏っている。全く別のところから、情報を多種多様に集めて精査することほど、確実なことはない。

「外務尚書はじめ、コウェンバール伯やコーリーフ伯など、我々と付き合いのある貴族様はほぼ全て」

「なら、間違いもないか」

部下のほうも、コートの疑問を尤もだと思ったのか、或いは事前に予測していたのか。

滔々と、立て板に水を流すが如く淀みなく説明する。

外務尚書ともなればロジー・モールト協同商会とは最も縁の深い貴族であるし、そこから出てくる情報はコートにとっても価値の高いものであるのが常。

また、コウェンバール伯も同じように宮廷のなかで隠然たる勢力を持つ高位貴族の一人。下手な発言が命取りになる伏魔殿を生きている重鎮だ。安易に憶測や風説を流布することもないだろう。

更にコーリーフ伯といえば軍人として名高い武闘派。軍家閥の中でも一定の影響力を持ち、軍功も確かな武人である。彼の人が、浮ついた噂話を確認もせずに人に話すとも思えない。

情報の出所を並べるだけでも、かなり入念に裏どりをしたことが伺えるというものだ。

故に、部下は確信を持って答える。

「何かの陰謀でもない限り、間違いないと思われます」

間違いないという断言。

だが、部下の言葉の一部に対して、更に会頭が突っ込んだ質問を重ねた。

「陰謀といってもな……誰に対してだ？」

宮廷のなかは陰謀の巣窟。幾つもの権謀術策（けんぼうじゅっさく）が飛び交い、幾重にも重ねられた思惑が層を為す場所。

明らかな異常とも思える話であれば、最初に陰謀を疑ってかかるのは、部下としても当然のことだろう。

「さて。しかし、先日この街に厳戒態勢が敷かれたのも、聖国やサイリ王国の手の者を炙（あぶ）り出す作戦だったという噂もあります。関連している可能性はあります」

「そうか。それもそうだな」

可能性があるのなら、疑ってみるのが基本。コートも又それに倣い、疑いを整理する。

部下の疑問について思えば、先日王都が封鎖されたのが、今回の噂に関連付いている可能性は高い。

そもそも王都封鎖の名目が、王家献上品の窃盗犯を捜索することであった。ロジー・モールト協同商会ぐらいの大商会となると、本当のところがどうであったのかを知ることは容易い。

コートとしても、お膝元である王都の、更に自分の商売にとって大事な諸外国との伝手を守れるかどうかだったのだ。事の真相については、かなり詳しいことまで調べ上げている。

つまり、王都封鎖の本当の理由が龍の卵の窃盗であり、犯人が聖国人であったということを知っているということだ。重ねて言えば、聖国人がモルテールン邸を放火したということまで摑んでいた。

そのうえ、カドレチェク家主導の下で大規模な〝犯人捜索〟が為され、王都内で聖国関連のスパイは軒並み捕まっている。

なるほど、陰謀というなら上手く名目を利用して軍家閥の勢力伸張を謀ったと見るべきだろうし、更には龍という共通のキーワードもあるのだ。モルテールン家が龍の子どもを手にしたという話と、無関係と思うのにには無理がある。

何がしかの陰謀なのだろうか。

「仮に、陰謀だったとして、龍の子どもがモルテールン家に匿われたという話自体は本当だと思うか？」

「それは間違いなく」

部下は、上司の質問に対し断言した。

「何故言い切れる」

「隠そうとして隠せるものではないからです」

「隠せない？」

コートは首を傾げたが、部下はそのまま説明を続ける。

「仮に、龍の子どもが生まれたというのが欺瞞であった場合、それらしいものを用意する必要があるでしょう。信じてもらえねば、欺瞞とはなりませんから」

「そうだな」

「では〝龍の子の偽物〟とは、どういうものですか？」

「それは……」

言いよどむ会頭。

改めて問われてみて、本物を知らないまま偽物を用意することの難しさを理解できた。

貴金属を得意とするロジー・モールト協同商会には、宝飾品の偽物が持ち込まれることが多々ある。鉛に金の箔だけ付けて純金製だと偽る手口や、ガラス玉を一見綺麗にカットしてダイアモンドやルビーと偽る手口などが有名だ。大金の絡む宝飾品取引では偽物を見分ける目が必要となる。

本物を見極める目を養うためには、先ずは本物をよく知ること。これは、鑑定の初歩ともいえる。間違い探しをやるのであれば、まず正解をしっかり目に焼き付けるのが基本中の基本なのだ。

翻って龍の子どもの話だ。

これが仮に何か陰謀だったとして、本物の龍の子が存在しないのにもかかわらず、人に信じさせようと思えば〝それらしい偽物〟が必要。しかし、誰も本物が分からないもので、偽物の用意などできるだろうか。

「今までに存在しなかったものです。どうあっても、本物かどうかなど区別が付けられない。必ず〝疑ってしまう〟代物なのです」

「確かに、本物を誰も知らない以上、必ず疑われるというのはその通りだ」

誰も本物を知らない。これは、確認するまでもなく明らかなことだ。

有史以来初めてといえる事態。本物を見たことがあります、などと言うほうが嘘くさい。

誰もが知らない本物。となれば、これが本物ですと出されても、そもそもその真偽を見極められる人間など存在しないことになる。

つまり〝鑑定不能〟ということだ。

鑑定書のない宝石が、本物のように売り買いできるか。答えはＮｏである。

本物かどうか分かりません、という商品は、そもそも商品たりえない。

ならば、龍の子は〝存在している〟と判断するべき。存在するのならば、モルテールン家が預かっているという説にも、同じ理由で信憑性が出てくる。

「絶対に疑われる欺瞞など、欺瞞とは言えません。欺瞞は相手を騙してこそ。絶対騙されない欺瞞など、やるだけ無意味ではありませんか？」

「なるほど、それが、隠そうとしても隠せない、という意味か」

「はい」

部下の説明に納得するコート。

確かに、大前提として〝誰もが疑うもの〟の偽物を用意するなど馬鹿げている。

欺瞞情報とは、嘘か本当か分からないから欺瞞なのだ。龍の子の存在をそもそも知らない人間であれば、必ず〝嘘っぽい〟と判断してしまう情報に、欺瞞の価値はない。辛うじて龍の卵が実在していたことを知る会頭だからこそ迷ったのだ。ある日突然龍の子の話を聞き、モルテールンが持っていると言われた他の人間なら、迷うことなく嘘かもしれないと思うだろう。

必ず嘘だと疑われる話。つまり、欺瞞ではない。

「ならば、モルテールン家に龍の子が預けられたという情報は、真実と見るべきだな」

「そうなりましょう」

モルテールン家に龍の子が預けられたという情報。

陰謀の可能性が低いと判断したのであれば、真実と類推して動くのが正解。

「我らとしては、どう動くべきだと思う？」

「選択肢は二つ」

「言ってみてくれ」

指を二本伸ばし、じゃんけんのチョキのような形にする部下。

そのまま指を一本折り畳み、一本だけをピンと伸ばした。

「一つは傍観(ぼうかん)です。我々としては明らかに不測の事態が多いであろうことに手を出すより、健全に今までの商売を守るというのが一つの選択肢でありましょう」

商人は、儲けるために時にはリスクを冒す。

しかし、それは同時に収益に折り合わない危険は避けるという意味でもある。

今回の情報は、上手くすれば利益を得られるだろう。しかし、不測の事態が多くリスクが高いと判断すれば、見送るのも一つの決断である。

「……現状維持か。ふむ、となると、もう一つは積極的介入、か？」

そして、じっと黙って傍観していることができないとなるならば、半端に手を出すのではなく最善を尽くすべき。部下の言葉の続きを察したコートは、思考を深める。

「はい。これからの動きを読み切ったならば、動く金は膨大であり、得られる利益も天文学的なものになりましょう」

「どうするか……」

一切の手を出さずに、見守るか。或いは、自分が積極的に動いて市場を握るか。

悩んだ。かなり長い時間、会頭はいろいろと検討を重ねて、悩みぬく。

優に二刻は過ぎただろうか。会頭が出した答えは、明確だった。

「動く」

コートは、自分が主導して先んじて動けば、かなりの大儲けができる目算を付けた。

勿論、大商会の会頭が直々に動くのだ。半端な儲けではない。

その為に必要な手立てを考え、儲けるための計画、絵図面を描いていく。

「いける!! 大儲けのタネを摑んだぞ」

男の笑い声は、夜遅くまで続いた。

司祭との密談

「マクウェル殿、御久しゅうございますな」

「司祭様、ご無沙汰しております」

商人コート＝マクウェルは、馴染みの教会を訪ねていた。

そもそも、王都でも繁華な場所にある教会は、立地がそのまま権勢を示している。

神王国は宗教国家ではないが、かなり強い独立性を持った組織としてボーヴァルディーア聖教会というものが存在し、政治的な権力とは一線を画すことで独自性を確保し続けてきた。

同時に、経済的には貴族や商人と強く結びついていて、裕福さは言うまでもない。

俗世とは切り離された独自の世界でありつつも、金儲けには極めて熱心な組織でもあった。

必然、商人とのパイプを求める聖職者は多い。

清貧を旨とする生粋の聖職者であっても、食わねば生きていけないのだ。ましてや、何かと物入りな王都では、お金を欲する聖職者は珍しくない。

商人が挨拶したのも、そんな聖職者の一人だ。

「前にお会いしたのはいつになりましょうか」

「半年ほど前、北のほうのお話をお聞かせいただいた時以来ではないでしょうか」

「そうでした、そうでした。こうして半年ぶりに、マクウェル殿の御元気そうなご様子を拝見できただけでも、拙僧の喜びというものです。出来得れば、少しばかりお会いする機会を増やしたいものですが」

聖職者は、さも今しがた思い出したように相槌を打つ。

勿論、以前会ったこともはっきりと覚えていただろう。しかし、まさかもっと金を寄越せと言う訳にもいかない。

もっと頻繁に顔を見せてほしいというのは、独り立ちした子供に親が言うような意味合いではない。もっと足繁く教会へ通い、金を落とせという催促だ。

「ははは、私も忙しいものでして。なかなか、頻繁にという訳にいかず。無精をいたします」

「いえいえ。敬虔なる神の子には、いつでも教会は門戸を開いております。心の赴くままにお越しください」

「そういっていただければ、気持ちも楽になります」

腹黒い気持ちは何重にもオブラートに包まれたまま、社交辞令のやり取りが交わされる。

「それで、本日はどういったご用件で来られたのでしょう。参拝というのであれば礼拝の場にご案内いたしますが」

普段は教会に寄り付きもしない商人が、ある日急に教会にやって来る。神に祈りに来たと考えるはずもない。

商人とは、常に利で動くもの。何がしかの利益を目論んで教会にやってきているはずだという推測は容易だ。

「勿論、参拝も致します。が、本日伺ったのは別の件です」

「別の件？」

「実は、教会にご協力いただきたいことがございます」

それでは、とばかりに奥の部屋に案内されるコート。

王都でも名高い商会のトップがわざわざ足を運んで協力を求めるのだ。無下にされるはずもなく、一等上品な部屋へと通された。

教会故に簡素ながら、それでいて見る人が見れば高級品と分かる調度品が揃えられた部屋。大商人たる男も専門分野が宝飾品だけあって見る目は肥えていた。

幾つかの品が見覚えのあるものだと思いつつ、商人は聖職者との世間話に花を咲かせる。

そして幾ばくかの軽い雑談の後、いよいよ本題に入る。

「司祭様は、大龍が出た話は勿論ご存じでしょう」

王都に居る人間でも、いや居る人間だからこそ、大龍については知っていて当然。

会話の前提として、コートは司祭に確認をする。

「はい。大龍によって尊い命が失われたこと、誠に痛ましい出来事でございました」

司祭としても、自分が知っていることだからと素直に首肯する。

「では、その大龍の卵が見つかったことは？」

「おお、それこそ神のご加護でしょうな。この国は正しき信仰を持つ信徒も多い。正しき者にはより大きな恵みがある。これこそ学ぶべき教えでありましょう」

教会は、どうやら龍の卵が見つかったことを、自分たちの御蔭（おかげ）だという情報戦をしているらしい。

実際、宝くじが二回続けて当たるよりも難しいほどの奇跡を起こしたとなれば、それこそ神という偉大な存在の見えざる手があったと考える人間は多い。敬虔な者ほどその傾向は顕著だ。教会の中に居る人間も、どちらかといえば本気で神の偉大さの証として考えるもののほうが多い。

「ご存じ、ということであれば結構です。その卵が、孵った……という話は？」

「ほほう、左様ですか」

驚く様子も見せずに相槌を打つ司祭。

「孵った龍の子は、幾人かの大貴族様の手に渡ったのち、今はモルテールン家の手にある、ということなのです」

「……お話が見えてきませんな。それで、我々に何を求めておられるのか。何をおっしゃりたいのか」

いい加減前置きが長くなったことで、司祭も怪訝そうにする。

話の中で龍のことしか喋っていない。これで何を求めているのか。司祭の頭では理解することは難しかった。

長い前置きに顔を顰める聖職者の様子を意地悪気に、それでいて表情には出さないように見ていたコートは、ずばり目的を言う。

「投資を。教会にとって、またとない機会(チャンス)であると愚考します」

金を寄越せ。

余りに露骨な要求に、司祭は若干鼻白(はなじろ)む。

「機会？　申し訳ない、拙僧は世俗のことには疎い神職でして、もう少し詳しく説明していただきたい」

いきなり金を寄越せと聖職者に言いに来ただけならば、教会にはそんな金などございませんとばかりに突っぱねればいい。

しかし、言いに来た相手が名うての商売人となれば話は別である。

これがただの要求であるはずがない。

更なる説明を求める司祭に、商人は笑顔を崩さずに話を続ける。

「さすれば、過日王都で多くの者が手にした龍の素材。これには我々商人でさえ驚く高値が付きました。龍の素材は我々が扱う宝石のように永劫の価値を持つのか。いや、そんなことはございません。そもそも、龍の子がモルテールン家の手にある。となれば今後、龍の素材の供給が増えることは明らかでありましょう」

「そうでしょうな」

「つまり、龍の素材に関して、今後は間違いなく価値が下がる。違いますか?」

男の問いかけに、聖職者は少し考えて首肯する。

モルテールン家が龍の卵を手にした。そして孵した。これを間違いのない事実と断定するのは、情報収集を得意とする教会としては容易い。

更に、龍の子供が順調に成長するとするならば、龍の鱗をはじめとする素材は〝生産〟されることとなる。

今までのように、魔の森に挑む命知らずが命からがら持ち帰ってくる、十年に一度有るかないかという供給ではない。定期的に、一定量を、確実に生産できる。

希少価値故に金より高いといわれていた龍の素材。或いはその生産物として教会が製法を秘匿していた軽金。これらの価値が下がることは、司祭にも理解できた。

間違いないと、首肯する神父。

「いえ、そのとおりでしょう」

「そう、ちょっと考えれば、誰でも分かる。つまり、今後値が下がるといえば、誰もが信じる」

「ふむ」

仮に、一商人が特定の貴金属の相場について未来を語ったとして、それをそのまま信じる人間は少ない。相場には、必ず売りと買いの双方による思惑が含まれるからだ。

しかし、ことが相場以外の部分。社会環境や情勢によって起きることであれば、相場の変化は必然となり得る。

石炭による蒸気機関が現役であれば石炭の価格は一定の範囲で上下するが、石油がエネルギーの主体となれば必ず石炭価格は下落する。これと同じだ。

龍の素材の値下がりには、安定生産が可能になるという環境によるもの。これればかりは、必ずそうなると言われて信ずるだけの説得力があった。

「……つまり、比較的手ごろな値段で、龍の素材を……とりわけ、龍の鱗について、集めることも可能、ということです。何故買い集められたかは存じませんが、龍の鱗については、教会が苦い思いをしたと聞きます」

「ええ、そうですね」

かつて、王都で行われたオークションの際、教会はなりふり構わず金を集めて龍の鱗を買い占めた。鱗が軽金の素材として使われるものであり、それが教会として大事な独占技術、秘匿技術でもあったからだ。しかし、買い占めた直後に軽金の上位互換である龍金が市場に出回った為、教会は大損した。

担当した聖職者を含め幾人かの首が飛んだ、苦い経験でもある。

「龍の素材を買い占める。今ならできるのです。必要なのは、資金のみ。他のことは、我が商会であれば問題ない」

必ず今後値下がりする、という素材。いつまでも抱えて居たがる人間も居ないだろう。然るべき値段で買い取りたいと申し出れば、手放す人間も居る。そこは交渉次第だし、宝飾品の売買を生業とするコートの商会ならば、ノウハウだってある。

龍の素材の買い占め。できるかできないかでいえば、できるだろう。金さえあれば。

「しかし、それで一時的に買い占めたとして、です。その後に龍の素材が増えれば、高い買い物をしただけ、とはなりませぬかな？」

司祭には、コートの狙いが見えてこない。

仮に龍の素材を買い占めることが可能であるとして、そんなことをして何の意味があるのかという、当然の疑問を持つ。

どうせ値下がりする。だから皆が手放すのだ。買い占めたところで、将来は必ず独占は崩れるし、大損をするではないか。

「そうですね。素材が増えるなら。しかし……大貴族でさえ持て余したと聞く龍です。今後成長すれば、必ずモルテールン家とて持て余すようになる」

「なりましょうか？」

「なります。そもそも無事に育つとも……いえ、これは余計なことでしょうな」

如何にもうっかりと言いかけたような風（ふう）だが、熟練の商人がそんな初歩的なミスをやらかすわけがない。

あえて瑕疵（かし）を装って思惑の一端を漏らしたのだろう。司祭はそう理解した。

つまり目の前の商人は、比較的安値で買い占めるだけ買い占めた後、安値で買い叩けていた原因を〝排除〟することで値を釣り上げようとしているのだ。

子どもの龍が〝不慮の事故〟にでも遭うのかもしれない。

実現性がそれなりに見込めそうな絵面（えづら）が見えてきたことで、司祭もなるほどと深く頷く。

「情報操作と市場の誘導。これが成れば、今ならまだ素材の独占は可能。そして、独占し続けることも、満更絵空事というわけでもないのです」

「なるほど、興味深い」

教会の得はといえば、一に金。

仮にコートの見込むとおりの利益が出れば、ともすれば先の競売で被った損失など子どもの小遣いに思えるだけの儲けになるに違いない。商人が、多少のリスクを覚悟してでも賭けるに値する。投資した側もそれなりに余禄が出るはずだ。

そして、龍の素材を改めて〝独占〟できるというのも美味しい。利益の主たる部分はコートが得ても良い。副次として、素材の独占。つまりは軽金と龍金の独占ができるならば、教会としては社会的な発言力がいやますこと疑いようもない。

「お話の御用向きはよく分かりました。我々としても前向きに図るとしましょう」

自分達にとっても利のある話、と判断した司祭。

上層部も必ず説得してみせると、請け負った。

「教会の権威を回復する機会。神よ、どうか敬虔なる僕(しもべ)に加護を賜らんことを」

自らの信ずるところに願いを込める聖職者。

この瞬間、彼は間違いなく誰よりも敬虔な信徒であった。

聖国との密談

深夜。

厳粛な宗教施設で、数人の人間が顔を突き合わせていた。

神王国ボーヴァルディーア聖教会の司祭とロジー・モールト協同商会会頭のコート＝マクウェル。

そして、神王国とは仮想敵国として反目し、聖教会にとっては宗教的に対立するはずの聖国の聖職者である。

聖国の聖職者らしい厳格な服装。まだ青年と呼べそうではあったが、おかっぱ頭はいかにもといった雰囲気である。

「なるほど、お話の向きは分かりました」

聖国の聖職者はマクウェルの話に頷いた。

「わざわざ深夜に呼ばれましたので、何事かと思いましたが、こうして秘密裡に会合を設けるのも道理というもの」

「わざわざご足労頂いたわけです。生半可な土産では失礼でしょう」

土産とは、勿論巨額の投資話である。

「お気遣い頂き、有難い。これも神のお導きでしょうか」

「……どちらの神のお導きか、悩ましい所ではありますが」

「然り」

聖職者たちと商人は、からからと笑った。深夜に不釣り合いな陽気さであるが、内容はかなりブラック寄りの冗談である。

南大陸の長い歴史を繙けば、聖国のシエ教と神王国の聖教会は、お互いに宗教対立によって少なからず血も流している。更に、教義によればどちらも神は一柱であり、絶対的なものとしているのだ。多神教のように、相手の神様はたくさんいる神様の一柱だ、と包含することもできない。神は必ず一柱であり、それは自分たちが信じる神であり、相手の信じる神は偶像であり、邪なもの。これが原理原則。

つまり、〝どちらの神か〟などというのは、そもそも自分たちの信ずる教義が正しいと思っているからこそ言える、際どいジョークである。聖職者同士のブラックジョーク。

ひとしきり笑ったところで、聖国人は会話を繋ぐ。

「お話を整理いたしますれば……」

あらかたの概略を説明され、自分なりに整理した内容をおかっぱ頭は話し出す。

「まず、龍が子を増やすと我々が布告する」

「はい」

聖教会にとっては、情報を広く伝えることは存在意義の一つ。政治的に中立であり、自給自足を旨として、神の教えを広めることを一義とするからこそ。

聖職者の仕事として〝より正しき情報〟の啓蒙(けいもう)に勤めることは当然のことである。

シエ教とて、啓蒙が主たる活動であることに違いはない。情報を広めるのに、十分な能力をもっている。

龍が卵から孵ったことは事実であり、更にそこから龍が卵生で繁殖しているであろうことを類推するのは容易い。ならば、龍を増やせる〝可能性〟は存在する。

これを事実として誇張し、或いは不都合を隠蔽し、より望ましい〝噂話〟を流布することは、おかっぱ頭たちシエ教会としても得意分野だ。

おおよそ敬虔な信徒の居る所、教会があって聖職者が居る。国が変われど変わらない。彼らの口を通して伝われば、噂話はいつの間にか〝事実〟として置き換わるだろう。

龍が増えることが確定事項となれば、そこから商人の出番だ。

「その後、マクウェル殿が龍の鱗を買い叩く」

「はい」

買い集める為の資金こそ未だ不十分ながら、こうして秘密裡に聖教会の支援は取り付けた。

金策は商人としても得意分野。必ず、目途(めど)を付けてみせるとコートは請け負ったのだ。金を集めるだけならば、今までも何度となくやって来た故の自信。

「その後、〝何故か〟龍の子どもに不幸が起きる」

「悲しいことですが、生き物である以上絶対不滅はあり得ぬことです」

「そうですな」

ここが、今回の会談を秘密裡に設けた理由だろう。

それぞれがそれぞれに、思惑は有るだろうが、確実なことは言わない。言わないが、既に確定しているという前提で話をする未来。

龍の素材を、龍の子を山車(だし)にして買い叩いたあげく、龍の子が居なくなるなど。未来と呼ぶにも都合が良すぎる。

皆、分かっているのだ。しかし、口には出さない。

「元より異色、前代未聞のこと。何が起きても不思議はありません。一度倒されている龍に、二度目があったとしてもおかしくはないでしょう」

聖国人も、おおよそのことは理解している。しかし、絶対に主語は口に出さない。

誰が龍の子を害するのか。可能性としては聖国人に〝疑いの目〟が向けられることもあり得るだろう。

一度あったことであれば、二度目が起きても不思議はないという言葉のとおりである。

「なるほど、ご用向きは重ねて理解いたしました」

自分でも納得できたのだろう。

おかっぱ頭を揺らして首肯するシエ教の聖職者。

「聖国として、協力頂けましょうか？」

コートは、ずいと体を前のめりにさせた。

どうしても、ここで言質を取っておきたいとの思いからだ。

「さて……見込みはあると思いますが」

じっと考え込んでいた男は、聖国がコートに協力する可能性はあると言い切った。

「見込みとおっしゃいますと？」

「実は我々こそ〝龍の卵〟の正統なる所有者なのです」

「ほほう。それは初耳です」

これは、コートにとっても全くの初耳である。

元々龍を倒したのはモルテールン家とボンビーノ家の連合軍であったという事実は摑んでいる。

普通は、野の獣を倒した人間が所有権を持つものではないのか。

聖国の所有物であるとはどういうことか。

「かねてより、我々も龍のことについては独自に調べておりました。古き文献にも龍のことは記されておりまして、聖職者には龍の存在を以前より知悉していた者がおりまして」

「ほう」

聖国の歴史は神王国よりも遥かに古く、また文献の保存や収集にも熱心であることから、過去の龍の話が聖国に残っていたということはあり得る話。

　神王国ではおとぎ話扱いであったことを、歴史の真実として研究していたとしてもおかしくはない。

　しかし、違和感は残る。

「龍が現れれば、甚大な被害が出ましょう。信徒を正しく導くのが我々の務め。龍が出たならばどうするか。我々は以前から議論をしていたのです」

「それは寡聞にして存じ上げませんでした」

　コートは、違和感を決定的なものにした。

　そもそも、魔の森から大龍が現れていなければ、大龍の話は今でも昔話か、下手をすれば子ども用のおとぎ話扱いだっただろう。大龍の存在が空想の存在とされた事実は、コートが幼少のみぎりより経験してきたことでもあるし、常識でもある。

　聖国とて、龍の実在が怪しまれていたことは同じはずだ。生物とて寿命がある以上、仮に過去に居たとして、今も居るとは限らない。絶滅してしまった動植物など、世には幾つも類例がある。大龍が絶滅した動物の一つだったとして、何の不思議があろうか。

　存在しているのだと信じるほうが笑われる状況だったにもかかわらず、大龍の研究をまともにしていたという主張。

　どう考えても胡散臭い。

「過去の文献でも、大龍は神と共にあった。正しき神の教えを持つ我々こそが、代々龍の知識を受け継ぎ、正当に〝所有していた〟というのが事実です。故に、我々こそが龍の卵を管理するに相応しい。そう考えて一旦は龍の卵を正当な手続きをもって入手したわけですが……」

おかっぱ頭は更に言い募るが、正当な手続きとは聞いてあきれる話である。

実際のところがどうであったのかを知る商人からしてみれば、笑止千万だ。

「それがモルテールンの奸計だったのです。信義をもって誠実に相対する我々は欺かれ、家禽の卵を龍の卵だと偽られたのです」

「抗議はされなかったのですか？」

「巧妙に欺かれていましたし、元より龍の卵のことは双方にとって秘匿事項。〝龍の卵〟と明言していた交渉ではなかったために、抗議もできませんでした」

「それはそれは。お辛いことでしょう」

一応、モルテールン領内の復活祭イベントでは〝龍の卵〟として扱われた彩色卵。それを意気揚々と奪取したことで、一時は聖国も沸き立った。

しかし、すぐにもそれが家禽の卵であり、絵柄を【転写】しただけだと分かったことで、聖国内では交渉担当者が処罰を受けた。良いように騙されたのだから当然だ。本物の龍の卵だと思い込んでいたからこそ大盤振る舞いした交渉。そこらで手に入るただの卵に、船一艘丸ごと進呈したような話だったのだ。

勿論、モルテールンにはモルテールンとしての言い分はある。そもそも自分たちが命がけで討伐し、偶然にも発見したものを、他人に奪われる謂われはない。

一方、聖国としても言い分はある。経緯こそいささか乱暴であったとしても、きちんと交渉のテーブルに着き、外交交渉として対応していた場で、よりにもよってペテンにかけられたのだ。不当な取引であったと憤って然るべき。というのが聖国の主たる意見だし、中には改めて〝取り返せ〟と主張する過激派も居る。

戦って勝ち取った、というのが双方の主張。何と戦ったかが違うだけである。神王国と戦ったと主張する聖国としては、モルテールン家の交渉は戦利品の不当奪取にほかならない。

おかっぱ頭がどの程度の過激さを持つのか。それは言葉からはうかがい知れないが、少なくとも神王国が龍とその素材を独占することを、唯々諾々と受け入れるつもりはなさそうであった。

つまり、コートにとってはビジネス的に利害の一致する相手。

「神の御意志は、聖職者こそ正しく伝えられる。信じる神が違いはしても、その点で協力は適うはず」

「左様ですな」

お互いに共通の目的と、共存できる利益が見えているとなれば、信頼していい。

改めて、互いに互いが良い共謀相手であると認識したらしい。

「神の恩恵たる聖法……そちらの御国では魔法ですか。大きな力を持つ故に、正しき導きが必要でありましょう」

「大きな力には大きな責任が伴う。世の道理ですな」

聖国の聖職者らしい言葉であったが、コートは深く頷く。

より大きな権力、より強い武力、より便利な魔法、より多くの金、より広い人脈。力というにもいろいろとあるが、それらに共通するのは使い方を間違えれば大きな被害を生むということ。

モルテールン家が持つ膨大な財宝。これは、より正しく運用できる人間の手に渡るべきである。

正義を語る聖職者は、どこまで行っても自分の正しさを疑っていない。

「正しきを為す為に、些事に拘っていては大局を見失う。今、ここで確約こそできませんが、前向きに対応させていただきましょう」

「よろしくお願いいたします」

対モルテールンに対する経済同盟。

聖国と神王国聖教会、そしてロジー・モールト協同商会の間で結ばれた、秘密協定であった。

王国との密談

商人にとって、勤勉さとは時間を惜しむことである。

世の中の状況の変化は時間と共に起き、時間と共に人の心も移ろい行くからだ。

昨日完璧であったことが、今日にはご破算となっていることも珍しくない商売の世界。

王都を代表する商人の一人は、夜も明けぬ早朝から一軒の屋敷に出向いていた。

「ほっほ、なるほどなるほど、大龍をそのように。実に興味深い」

「そうでしょう。閣下であればご理解いただけると、私は確信しておりましたとも」

ヴォルトゥザラ王国の大使館。

神王国とヴォルトゥザラ王国は幾度となく戦火を交えた隣国同士であるが、戦乱の絶えない南大陸では、基本的に自国以外は全て仮想敵国。敵の敵は味方の理論からいえば、昨日の敵が今日の味方になることも珍しくない。

それ故、一応は国交を持つ国同士として、現代でいうところの大使館のようなものが存在する。仮想敵国とはいえ、形だけは友好的な隣国ということだ。

勿論、ヴォルトゥザラ王国としてもメンツがあるだけに、貧相な調度品などはない。全てが一級品で、それもヴォルトゥザラ王国製で揃えられている。なんなら、ヴォルトゥザラ王国内でもめったに見かけないほどの高級品揃い。

総額が幾らになるのか、見当もつかないハイソな空間の中。

明らかに曲線の多い、異国情緒漂うソファーに座る商人と初老の貴族。

商人のほうは、勿論コートである。利益の為に大掛かりな仕掛けを拵えるべく、こうして外国の要人とも秘密裡に会談している。

貴族のほうはヴォルトゥザラ王国の外務官。ヴォルトゥザラ王国では外務の地位は神王国以上に高く、初老の男性も侯爵という地位に居る。

本来であれば、一介の商人ごときが外国の侯爵と簡単に会えるものではないのだが、蛇の道は蛇。王都に根を張る、外務に極めて太いパイプを持つ大商会ならではの伝手でこうして会合を持っていた。

侯爵は、コートの〝絵図面〟を聞き、なるほどと感心したところ。

龍の素材を商材にして、かなり大規模な商売をしようとしているというのだ。

勿論、侯爵がわざわざ気にしたのは、大金が手に入るからではない。

「金が儲かるというのも良いが、モルテールンの利益を掻っ攫うというのが良い」

「モルテールン家ですか」

「我々としても、モルテールン家には忸怩たる思いがありましてね」

「左様でしょうとも」

侯爵が興を寄せたのは、絵図面に含まれる〝モルテールン家への対応〟についてだ。

「思い返せば三十年ほど前でしょうか。当時の神王国は我が国をはじめ諸国から危険視されていました」

「ほう」

かつて、侯爵も若かりし頃。

まだ青年いっても良い年ごろの侯爵は、外務を親から学んでいる最中にあった。

当時の情勢といえるものを、記憶している者も少なくなったが、三十年前といえば南大陸も今の情勢とはまるで違っていたのだ。少なくとも、侯爵が知る限りでは。

「お若い貴方は知らないでしょうが、神王国が幾つもの国を滅ぼし、国土を拡大させていく様は、我々としても看過しえないものでした」

「歴史、のお話ですな」

神王国の歴史は浅い。

元々、腐敗の著しい旧来宗教勢力からの独立を謳い、戦場で戦う騎士たちが自分たちの国を持つと決意したのが始まりである。

歴史と呼べるほどの昔。

強固な身分制の中で最上位に聖職者が位置し、血なまぐさく血気盛んな騎士たちは、捨て駒の様に扱われていた時代があったのだ。それは多くの国が萌芽（ほうが）する、激動の時代でもあった。

神王国は新たに国家権力と独立した宗教組織を作り、騎士たちが武力を持って国を治めた。

ちなみに、聖国は腐敗を一掃せんとする改革派の聖職者が実権を握ったことで変革し、魔法主体の宗教国家として残った。

ヴォルトゥザラ王国は貴族が団結して腐敗した宗教勢力を排除し、領地や権力を奪った。

神王国も含め、どの国が良い悪いの話ではない。変革のやり方に、国ごとの違いがあったということだ。

騎士の国として新生した神王国は、混乱していた周囲の小国を次々と併呑（へいごう）していく。

国のトップからして騎士なのだ。意思決定は武断的になり、軍事色が強いものとなる。

神王国は、他国にとって警戒に値した。すぐ傍に、とても強い軍事力を持ち、軍事力の行使を美徳とさえする国があるのだ。これを警戒しない為政者など居ないだろう。

神王国が大きくなっていくにつれ、神王国の周辺諸国の警戒の目は強まる一方だった。

侯爵は、その時代を生きた生き証人でもある。

「知らぬ者には歴史でも、私のような年寄りには経験です。多くの国が賛同して、神王国に懲罰を与える戦いが起きたのも当然のことでありました」

「ふむ」

「あのまま行けば、この街も我が国の一部になっていたでしょう。しかし、そうはならなかった」

遠くを見るような目で回想する初老の男。

二十余年前の大戦は、神王国の逆転大勝利で講和が成立している。それこそ、侯爵にとっては忸怩たる思いがあるだろう。

サイリ王国も、ヴォルトゥザラ王国も、聖国も、ナヌーテックも、神王国の周辺の大国全てが参戦し、神王国を潰そうと動いたのだ。当時暗躍していた外務貴族としてみれば、戦略的に大成功をもたらした大手柄と誇るべきところである。

だがしかし、歴史の不思議なところは、斯様(かよう)に絶体絶命の神王国を救った人物について記すところだろう。

「首狩り騎士が居たから、ですな」

そう、彼の名高き首狩り騎士モルテールン子爵である。

当時はまだ一介の従士であり、騎士爵家の配下として参陣していたカセロール＝ベニエ。

上級指揮官をことごとく打ち倒し、連合軍を混乱せしめ、神王国の勝利に多大な貢献を齎した救国の英雄だ。

「然り。彼の騎士が居たからこそ、神王国は首の皮一枚繋がって命脈を保った」

「神王国人としては誇らしい話です」

「ヴォルトゥザラ王国人としては、恥辱の過去だ」

「……失礼しました」

コートにとってみれば子供のころから聞いていた英雄譚であり、神王国人としてもコートを含め誰もが一度は憧れる立志伝中の人物。

それ故に〝誇らしい〟と表現したのだが、これは練達の商人としては珍しい失敗だ。

神王国の大英雄は、ヴォルトゥザラ王国の貴族にとってみれば最後の最後で盤面をひっくり返した特A級の怨敵である。

こいつさえ、こいつさえいなければと、全てのヴォルトゥザラ王国貴族は歯ぎしりしたものだ。

勿論、侯爵もその一人である。

商売相手を不機嫌にしたことを察したのだろう。コートは即座に謝った。

侯爵としても、今更何十年も前のことで美味しい話をぶち壊すこともないと、鼻息一つで憤懣を収める。

「ふん、まあいいでしょう。我々の危惧するところは、その時から何も変わっていない。拡張を続ける神王国が、我が国をはじめ他の国の脅威となること。この国は油断ならない国であるし、本質的なところは何十年も変わっていない。いずれ、我が国に牙を向けるでしょう」

初老の外務貴族は、常から訴えてきた。神王国の危険性を。

神王国に居るからこそ分かる。この国は、ヴォルトゥザラ王国にとって極めて危険である。

「そう、なりましょうか?」

「なりますな。現に、この国は常に軍備を増強し続けている。ついこの間も、サイリ王国から領土を奪った。この国の野心は未だに衰えていない」

「ははあ、なるほど」

神王国の人間からすれば、サイリ王国のルトルート辺境伯が、神王国のフバーレク辺境伯領へ〝侵攻〟した事件。しかし、サイリ王国と親しい側から見れば、フバーレク側の〝侵略〟にほかならない。

実際、今現在で誰が得をしているのかといえば、神王国である。神王国側のいずれかの勢力が暗躍していて、裏で糸を引いていたと勘ぐるには十分な状況だろう。一番得をしているのが、事件の真犯人理論である。

「そこへきて、ドラゴンの討伐。明らかに危険の度合いは増している。日増しに高くなっていると言っていい」

「はい」


更に侯爵が危惧するのは、龍禍事件。

神王国の南部が龍によって蹂躙(じゅうりん)されたのは事実だが、それを補って余りあるのがドラゴン討伐の事実である。

富、名声、力。ありとあらゆるものが神王国へ、そしてモルテールンへ集まるつつあることが衆目の目に晒されたのだ。

ヴォルトゥザラ王国は、モルテールン家とは特に仲の悪い国。神王国融和派であっても、モルテールンに直接の伝手は無いし、何なら今でも紛争地帯を抱えて反目し合っている。

日に日に高まるモルテールン家の声望、権力、財貨、人材。そして神王国全体としても同じように右肩上がりで経済力や軍事力を増しているのだ。

何とかしておかねばならない。ヴォルトゥザラ王国の貴族としてそう考えるのは、不自然ではない。いや、むしろ当然といえる。

「……其方の申し出、受けよう。ただし、利益の七割をこちらの取り分とすることが条件だ」

勿論、モルテールン家に対して、或いは神王国に対して掣肘を加えることはヴォルトゥザラ王国の国益に叶う。

しかし、それにしたところでモルテールンはじめ、最悪の場合神王国を全て敵にしかねない策謀というなら、見返りはそれ相応に求めるのが外務官としての仕事。

「七割、それは幾ら何でも……」

「其方がやることを、妨害しても良いのだぞ？　もしかすれば、それでモルテールンに恩が売れるかもしれない。そちらのほうが、むしろ我が国として得策となるやも……」

ヴォルトゥザラ王国としては、モルテールンの足を引っ張ることは望ましいが、反撃を気にしないでもない。

本当に聖国や神王国内部の不満分子を、目の前の商人が焚きつけられるのか。そこが分からない現状では、即物的な利益こそ求めるものだ。

すかさず脅しを入れて揺さぶる辺り、侯爵が交渉に慣れた古強者であろう証拠である。

「分かりました。利益の七割。それでお願いいたします」

やむなく、コートは頷いた。

利益の七割というのは膨大なものであるが、それでヴォルトゥザラ王国の支援を受けられるなら十分利があると考えた。

パイの七割を取られるのは癪だが、だったらパイの大きさを大きくしてやると意気込む。

「うむ、任されよ。我が身の及ぶ限り、協力を約束する」

「感謝します」

ヴォルトゥザラ王国の協力の確約。

投資をはじめとする支援は、策謀の成功を確実にするものである。

思わず、コートも頬が緩む。

そして、コート＝マクウェルは、そのまま深々と頭を下げるのだった。

大龍との日常

「よし、これで準備は完璧だ」

コート＝マクウェルは、賭けに勝った。

アナンマナフ聖国、ヴォルトゥザラ王国の両大国の強力な後ろ盾を獲得し金銭的に大きな援助を得た。そして神王国内部に共犯者とでも言うべき強い結びつきの協力者を得た。

二大国の外圧と、内通者。内憂外患となれば、如何にモルテールン家が強勢を誇ろうと、限界が有ろう。

ましてや、今回マクウェルが描いた絵図面は、経済戦争。モルテールン家が大金を持っていたとしても、不慣れな戦場ではその力も生かせないはずである。

元々モルテールン家の強みは、何をおいても魔法にある。モルテールン家当主の【瞬間移動】、腹心の部下の【遠見】、嫡子の【絵描き】だ。これらは既にある程度のネタ晴らしがされている。

「モルテールン家が如何に強力な軍隊や神懸かりの魔法を持とうとも、商売の戦いなら我々商人の専門分野。勝てる」

力強く握りしめたこぶしは、勝利を確信してのものだった。

モルテールン領では、今日も今日とて賑やかな声が響く。

「ピー助、ピー助」

なかでも、領主代行たるペイストリーは、いつも人一倍行動的である。

よく通る、声変わり前の若々しい声が響いたことで、一匹のペットが反応した。

「ぴゅい？」

大龍の赤ちゃんであるピー助が、尻尾を振ってペイスにじゃれ付く。

かなりの衝撃であるのだが、幼少期からハードなトレーニングを積んできたペイスには何ほどのこともない。力を受け流すようにしながら受け止め、大龍の頭を撫でる。

「ほら、リコリスも撫でてあげてください」

「はい」

ペイスと一緒に行動していたリコリスが、恐る恐る大龍の頭を撫でる。

「あごの下も、撫でると喜びますよ」

「えっと……こうでしょうか」

彼女としても、大龍のあごの下を撫でるなどという経験は初めてのこと。

おっかなびっくりといった感じで撫でる。

常から遠慮しがちなリコリスらしい動きだが、動物との触れあいは好きらしい。笑顔で手を出す。

「きゅい」

撫でられるほうはといえば、とても気持ちよさそうに目を瞑っている。あごの下をぐいとさらけ出し、もっと撫でろと言わんばかりだ。

ご機嫌なのか、尻尾もゆらりゆらりと振られていた。

ペイスがパパならば、リコリスはママである。モルテールンの若夫婦の間に挟まれ、無邪気に懐く赤ちゃんドラゴンは、まるで二人の子どものようにも見えた。

「坊、そろそろ時間ですぜ」

和やかな、家族団欒(だんらん)の時間は、従士長が呼びに来たことでおしまい。

「さて、名残惜しいですが、そろそろご飯の時間です。体を綺麗にしてから家に帰りましょうか」

「ぴゅいぴゅい」

ご飯という言葉を聞いて、尻尾の動きが加速した赤ん坊。

明らかに、ペイスの言うことを認識している動きだ。少なくとも、これから食事であるという雰囲気を察する程度はできている。

「ピー助ちゃん、また後でね」

「きゅい」

リコリスは、ここから別行動。

名残惜しそうにひと撫でして、一足先に屋敷に戻る。

「龍ってのは、本当に賢いんですね。犬猫よりは頭がいいんじゃねえですかい?」

「そうですね。人間の言葉を多少なりとも理解している節があります」

シイツの感想に、ペイスが頷いた。


「しかし、ピー助って名前はどうにかできなかったんですかね?」

屋敷に戻ったところで、頭の上に子ドラを乗せたまま仕事をするペイス。

シイツが、騒動発生器セットを見つつ、聞いた。

そもそも、ピー助という名前は仮に預かっていたときの名前。王家に引き渡した時点で、変更される可能性のあるものだった。

それがこのたび、正式にモルテールン家に預けられるにあたって、改名を検討するようにお達しがあったのだ。ほかならぬモルテールン家当主から。

小さい時ならまだ可愛げもあろうが、大きくなって厳(いか)つくなった時、ピー助で良いのか、という当然の疑問が産まれた為である。

「他に良い名前でもありましたか？」

「一応、候補が上がってましたぜ」

「見せてください」

カセロールからの命令であったことから、シイツが動いて関係各所に候補を挙げてもらった。

従士長として余計な仕事を増やしやがった迷惑ペアに一瞥をくれたまま、候補の名前を読み上げるシイツ。

「まずは、グランドラゴニア」

「なかなか仰々(ぎょうぎょう)しい名前ですね」

これは、幾人かの若手が連名で出してきた候補だ。

なんというか、頑張って格好いい響きとニュアンスの単語を絞り出しました、といった感じだろうか。

ペイスにはどうにもピンとこなかったようで、首を少し傾げている。

「次は……ドリー」

「家畜の名前っぽいです」

ペイスが羊っぽいと感じた名前。これは、リコリス含めた女性数人による提案。

無難でいて、それでいてペットとしても違和感のない名前である。若干、柔らかい印象を受けるのが個性といえば個性だろうか。

候補としては良いが、ペイスとしてはどうにも大龍の名前として相応しいと感じられない名前だった。

「あと……ぷにっとちゃん。ちゃん、までが名前でさあ」

「誰がそんな名前を考えたんですか」

思わず、ずるっと肘が滑ってしまったペイス。

幾ら何でも、酷すぎるネーミングであろう。大龍の名前としては明らかに異質に思えるし、そもそも名前でちゃん付けを強制するところも頂けない。

こんな名前を付けたのは誰だ、という疑問に、シイツがため息交じりに答える。

「ジョゼお嬢で」

ああ、と納得しかかったペイスだが、いやいやと頭を軽く振る。

「何で他家に嫁いだ姉様が名前を出すんです」

ジョゼことジョゼフィーネは、既にモルテールン家を出て他家に嫁いだ身である。

モルテールン家が名前を改めて決めようという時に、何で他家の人間に候補を出させるのか。

「仕方ねえでしょうが。一応、ボンビーノ家も大龍については関係者なんですから」

「ああ、なるほど」

しかし、シイツの言葉も道理があった。

元々、形式上のこととはいえ大龍討伐はモルテールン家とボンビーノ家の連合で行ったことだ。そして、無駄にお転婆、もとい行動的なジョゼは、自分から率先して戦場に出向きかねないほど鼻息を荒くしていたのだ。

ここで、最後の最後まで蚊帳（かや）の外などにおいておけば、どこで恨みつらみをぶつけられるか分かったものではない。

関係者であることは間違いないのだから、ここで意見を聞くのは悪い手ではないだろう。

「ついでに、ボンビーノ子爵の名前案がこれでさ」

「ハインリッヒ？」

「なかなか良いと思いますがね」

ボンビーノ子爵ウランタの意見も、おまけとして聞いているシイツ。

大龍というよりは、子供の名前にでも付けそうなセンスである。

悪くはない。少なくとも、ぷにっとちゃんよりは遥かにまともだ。

しかし、ここで大龍がもぞもぞと動いた。

「……当人、いや当龍は嫌がってますよ？」

どうやら、ハインリッヒという名前は嫌らしい。

「じゃあ、これなんてどうですかい？　アーノルド＝ビットケッヘル＝ドラゴルド＝エル＝ポースリフェン……」

「長い、長いですよ」

「まだ続くんですがね」

間で息継ぎを挟まねばならないような名前など、名前と言わない。

読み上げる途中で遮ったペイスの判断は、比較的真っ当だ。

「却下です。そんな長い名前、呼んでいるうちに日が暮れます。誰が考えたんですか」

「うちの嫁でさぁ」

「シイツの嫁？」

「ええ」

何とも言えない、無言の空間が生まれた。

シイツの嫁は、押しかけ女房のような存在である。力づくというか、かなり強引にシイツの嫁というポジションに座った気の強い女性であるが、ネーミングセンスも個性的だったらしい。

「……娘の名前、シイツが決定権を譲らなかった理由が分かりました」

「おうおう、今更だな」

シイツには娘が産まれているが、名前を付けたのはシイツである。

将来は、絶対ぇ美人になるから、今の内から婿を探す。嫁にだけはやらねえ、というのが父親の意見だったりする。

「やっぱり、ピー助はピー助のままで良いと思いますよ」

結局、これといってピンとくる改名候補がなかった。

ペイスとしては、既にピー助と呼び慣れてしまった以上、改名する必要性すら感じていない。

「はあ、そうなりますかい」

「きゅい！」

「ほら、ピー助も喜んでます」

こと、本人が、いやさ本龍がピー助という名前を気に入ってしまった以上、モルテールン子爵カセロールの懸念は、却下されることになる。

そもそも、名前を名前と認識してしまった時点で、ピー助の改名は手遅れなのだ。

「へいへい。じゃあ、名前は改めて正式に決定ってことで、各所に通達しておきますんで」

ピー助はピー助となった。

何も変わっていないと言えばそのとおりだが、きちんと検討の上で正式に決めたというのが大事なのだ。

「ダグラットの仕事でしょうか？」

「流石に一人じゃ荷が重い。俺も手伝いますよ」

「従士長直々にやるとなれば、話は早そうですね」

外務官一人では、何十人もの相手に〝お知らせ〟するのは大変だろう。

シイツが手伝い、なんならペイスも魔法を使って協力するつもりである。

「名前が決まったところで、次は……」

「他に決めておくことがありましたか？」

名前の他にもと、シイツが考え込む。

「確認が要るのが一つ」

「ほう」

「龍の鱗ってのが、どうなるのか。鱗に限りませんが、ピー助の〝価値〟を確定させねえと、いろいろと不安定要素になるでしょうが」

「なるほど」

確かに、シイツの言う確認も必要だろう。

大龍の素材が大金で取引されたことが広く知られている現状、ピー助の価値がどの程度かを確定させる必要はある。

仮に、鱗がしょっちゅう剥がれるようならば、鱗の数枚程度は欲しがる人間にくれてやればいい。対し、何十年に一度脱皮します、などというような場合、魔法金属として優秀な素材となり得るものを、安価にくれてやるのは惜しい。

無理をしなくても鱗ぐらいならば手に入るとなれば、ピー助は相対的に安全になるだろうし、一生に一度あるかどうかという希少性が出れば、その一度を狙って来る人間は増えよう。

価値の確定。

ピー助の安全の為にも、やっておく必要がある。

「ピー助、貴方は鱗が自然に剥がれたりしますか?」

そこで、ペイスがピー助に聞いてみた。

「きゅい?」

勿論、ピー助に分かるわけもない。

首を傾げつつも、つぶらな瞳でペイスの鼻を舐める赤ん坊。

「まあ、生まれたばかりの赤ん坊に、聞いても分かることじゃねえでしょう」

生まれてからそのまま全知全能などという存在があるわけもない。

大龍といえど、知識が年齢に相関するものである以上、当人すら分からないもの。

「ならば、これから要観察ですか」

「目を離せなくなるって意味じゃあ、誰かを専任で付けるのが一番なんですが」

「僕では駄目でしょうか?」

「坊とピー助が四六時中くっついてりゃ、ピー助が寝返りでもした瞬間に執務机が粉々ですぜ?」

大龍当番に、ペイスが専任。

勿論、これが一番安心確実なことははっきりしている。

しかし、ペイスにだって休息は必要だし、休んでいる間にピー助の面倒を見る存在も必要だ。

「執務机が壊れると、父様は悲しむでしょうね」

今までも、散々に貴族の御屋敷を荒らしてきたピー助である。放任で育てれば、遠からずうちに他の貴族のようにお屋敷の内外を壊されることだろう。

家を壊されて泣くのは、一家の主だ。

「そりゃあもう。思い入れがあるでしょうし、悲しむってもんで」

「……餌は僕が何とかするとして。やはり、人は増やす必要がありますね」

「そうなります」

どこまで行っても、モルテールン領では人材が不足している。

「毎年毎年。増やす端から人手不足になっていく」

「誰のせいなんだか」

どう考えても、人を増やすペースと同じぐらいで、仕事のほうを増やす異常者が居るせいだ。

シイツは、喉まで出かかった言葉をごくりと飲み下す。

「求人は何とかしましょうか。幸い、あてはあります」

「そりゃありがたい」

「あとは、これ以上に不測の事態が起きないことを、願うばかりですね」

ペイスの願いを込めた溜息は、儚く虚空に溶けていくのだった。

あとがき

はじめに、この本を手に取っていただいた、全ての方に感謝いたします。ありがとうございます。いろいろと娯楽が多様化し、また次々と新しい本が生み出されていくなかで、この本を読んでいただけたことは、作者として心から嬉しく思います。

そして、制作に関わっていただいた皆さんにも、この場でお礼申し上げます。お陰様で十八巻目を出せました。ありがとうございます。

最近の良いニュースといえば、コロナワクチンの接種が始まったことでしょうか。平穏な生活への第一歩であると信じます。

このあとがきを書いているのは六月ですが、この本が出るときぐらいには、普通の生活が戻っていると嬉しいですね。

あと、おかしな転生の舞台ＤＶＤも観ました。

舞台原作なんて初めてのことでしたが、自分の生み出した作品が舞台の上で演じられ、そしてそれがＤＶＤになってるってのは、感慨深い。

何よりも、面白い。

自分の作ったストーリーや台詞、キャラクター。それがアレンジされて、演技されて。観客席で観ていた時の感動が、蘇ってくるようでした。自分が原作者であることを抜きにして、一つのエンターテイメントとしてとても楽しい。

一言で言うならば最高。

後で、もう一回観ます。

さてこの十八巻。

出会いと別れ、そして再会という、ある意味では王道のストーリーを書いてみました。

珍しくペイスが感情を露にしている巻ですので、楽しんでもらえたならとても嬉しいです。

この巻で一番難しかったのは「ジョゼのセンスによるアレな名前」を考えること。

何と言いますか、料理の時にわざと滅茶苦茶不味く作るような感覚になりました。どうしても心のどこかの冷静な部分が、駄目だしをし続ける。自転車でわざとこけようと思っても、反射的に普通に乗ってしまうような。

自制をとても強く求められることだというのを感じました。

そして、引き続きペイス達が〝何か〟をやらかしそうなこれから。

頑張って書き上げますので、どうか引き続き応援してください。

令和三年六月吉日　古流望

原作：古流 望
漫画：飯田せりこ
キャラクター原案：珠梨やすゆき
脚本：富沢みどり

TREAT OF REINCARNATION

お嬢様宛ての手紙…
誰からですか？
ルニキス殿下からだ
王子殿下から？

どうやら
先の舞踏会で
オリガから手紙を
渡していたらしい
珍しくあの子が
積極的になっている
様子
しかもこの
王子殿下からの手紙にも
「できるだけ早く
返事がほしい」
との言付けまである

それは
願ってもない
ことですな
しかし…

問題は
オリガは既に王都を
発ってしまっている
ということなんだよね

身の安全を考えて
早々に北へ
帰らせてしまった

こればかりは
どうしようもありませんな
時間は戻せません
今から北に
早馬を走らせたとして
返事はどうしても
遅くなる…

せっかく王子殿下が
気持ちを寄せて
くださったのに
返事が遅れ
冷たい娘だと
思われてしまったら
あの子の失点になる
王子の寵愛を狙う
ライバルたちが大勢いる中
返信の遅れは決定的ミスに
なりかねなかった
旦那様
私にひとつ
考えがございます
なんだい？

私どもの
使用人の集まりで
話題に上がったのですが
最近モルテールン準男爵が
王都によくお見えだそうです
それが
どうし…
いやわかった！
カセロール殿の
魔法があったな！
今夜も
カールセン子爵家の
晩餐に呼ばれているとか
カセロール殿の魔法は
瞬間移動
聞けばご子息も
絵姿を描く
魔法が使えるとの
話だった…
はい
そこで…

手紙の返事に
オリガ様の絵姿を
お付けすれば
王子殿下のお気持ちを
繋ぎとめる一助に
なるのでは…？
なるほど…
他の令嬢たちを
出し抜けるな
よし！
すぐにカセロール卿に
連絡してくれ！
金に糸目はつけない
わかりました
さっそく
人を走らせます

モルテールン卿！
モルテールン卿！
ん？
デココとの取引を終え
カセロールとペイスは
瞬間移動で
王都に着いていた
タタタ…
お待ちください！
カセロール卿と
お見受けする！
お頼み申したい
ことが…！

お安いご用ですな

他ならぬアルフレード殿の頼みとあれば喜んで引き受けましょう

カセロール卿感謝する！

御礼ははずみます！

父様…こちらの晩餐会は？

何すぐ終わる仕事だ行くぞペイス

わ わかりました

手紙は
盗み見を防ぐため
二重の封蝋がされていた
外側が
エンツェンスベルガー辺境伯
のもので
内側が
王子殿下のものだった
まあ！
私のために
わざわざ⁉
手紙の主が
王子殿下ということは
もちろんカセロールには
秘密にされていた

……
あ…少しお待ちいただけます?
返事を書いてきますので…
こちらへ
晩餐会までまだ時間はある
手紙の運搬をして戻っても十分間に合うさ
そうですね
ところで父様…

先ほどの従士さんは〝お礼ははずむ〟と言っていました
これは希望したものをもらえるということでしょうか？
対価として妥当なものならな
貴族同士の取引にタダ働きというのは禍根を残す
何か言いたげだな
北方産のワインをいただけないかと
しかも寝かせもまだな新酒がいい

お前も
そう考えるか
はい
蒸留も精製も
されていない
原酒であれば…
良質な酵母菌の
苗床として
そのまま
うちの酒造りに
使えるというわけだな
似た者同士の
腹黒親子であった

そして
手紙の返事をもらって
辺境伯の元へ戻った
もちろん
オリガ嬢の写真も
付けて渡し…

カセロール殿
いやモルテールン準男爵！
おかげで助かりました
さすがは
国王様のお目に
かなったお方
いやいや
こちらこそ
酒をこんなに
もらってしまって！
当分は晩酌が
楽しめそうです

誰からの手紙かを言わずに隠し王子のラブレターを運搬させた辺境伯といい

礼にかこつけて酒造りのための材料をもらう腹黒親子といいしたたかさではいい勝負であった

行くか

はい父様

あいや待たれよ!!

そこにおられるは
ペイストリー＝
モルテールン卿と
お見受けする
私は
セルジャン＝クース＝
ミル＝オーリヨン
オーリヨン伯爵家の
次男だ
は？

誰だ…？
今日はよく
呼び止められる日
だな
はあ その
セルジャン＝オーリヨン卿が
僕にどのような
ご用件でしょうか？

貴殿に決闘を申し込む！

決闘…!?

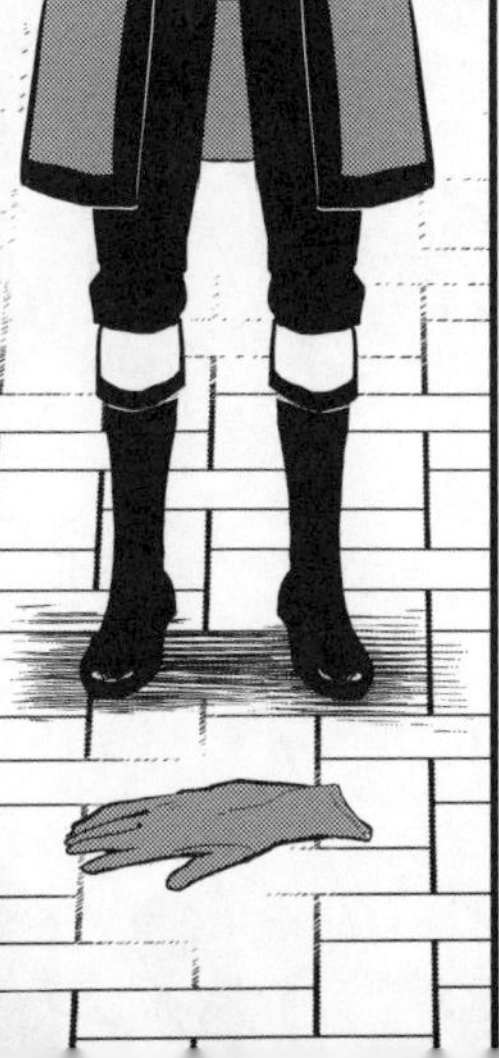

貴様
それでも男か！
逃げるな！

なんなんだ
この人は…

そう言われ
ましても…

貴方が本当に
伯爵の子なのかも
僕にはわかりませんし

そもそもなぜ
決闘を申し込まれて
いるかも
わかりませんし…

決闘の条件も
わかりません

これで受けようと思うほうがおかしいでしょう？

ぐぬぬ…

むううう～

私のことはエンツェンスベルガー辺境伯がご存知だし

理由も閣下ならご理解くださるに違いない‼

ならば直接辺境伯に言いなさい

辺境伯からの申し出であれば話くらいは聞きましょう

ばっ
その言葉
忘れるなよ!!
ばたばたばた
なんだったの
でしょう?
私に聞くな

ペイスお前
私のあずかり知らんところで
人の恨みを買うような
真似はしていないだろうな？

僕は品行方正を
心がけてますから
妬みや嫉みならば
買っているかも
しれませんけど

それであれば
陞爵した父様のほうが
嫉妬の格安大売出し
ですよ

まあ
そうだな

その夜…
町の宿屋

コン
コン

キィ
あのお…
お客様にどうしてもお会いしたいと言う方が…

私にか？
こんな夜遅くに押しかけてくるなんて…

父様は僕のあずかり知らないところで人の恨みを買うような真似をしているようですね？
父をからかうのはやめなさい

それで客というのは名乗ったのか？

はい

それぞれエンツェンスベルガー辺境伯様オーリヨン伯爵様と名乗られました

!?

只事ではない

それでは追い返すわけにもいくまい

部屋までご案内するように

ですね

畏(かしこ)まりました

こんな夜分に
すまないね
モルテールン卿
こちらは
オーリヨン伯爵だ
当家の面倒に
大事なご子息を
巻き込んでしまったこと
誠に
申し訳ない
貴殿が魔法で帰られては
我々では
追いかけようもないため
こうして出向いた次第

オーリヨンって…
たしか先刻の変な青年が
そう名乗っていたような…

これでも武人の端くれですから
夜分に急な話というのは
問題ありません

敵というのは昼夜を問わず
襲ってくるものですゆえ

ただ いきなり
謝罪されましても
こちらとしてはなんのことか
さっぱりわかりません

まずは説明を
お願いできますか？

はい

実は…
私の次男の
セルジャンの話
なのです

やはり
この人の息子
だったのか

1年ほど前
我々は色々と条件を検討し
オリガ嬢とセルジャンの
婚約を決めたのです
そもそも
うちのオリガは
長女でひとり娘
兄がいたのですが早逝し
弟は側室の子であり
病弱であることから
オリガに婿を取って
辺境伯家を継がせる
つもりでおりました
なるほど

いらないと言っても
毎日花を届けたり

恥ずかしいと言っているのに
何かの度に
自分の婚約者だと
自慢されたり

色々と性格の合わない
部分があったらしい

ああ…たしかに
そんな感じの人
でしたね
性格の
不一致ですか

そこで伯爵とも協議の上で
婚約を解消し
白紙に戻したのです
よくある話ですね

息子には
私から伝えました

あいつはオリガ嬢に
惚れきっていましたから
婚約解消を受け入れ
られずにいるのです
納得できません!!

なるほど…
それを聞くだけならたしかに一途な想いを募らせていたんだろう
でもそれじゃなぜ僕に決闘を…？
納得できない息子は婚約破棄の原因を自分で色々と調べたようです

オリガ嬢の新しい婚約者がペイストリー＝モルテールン卿に違いないという結論に至ったらしい
なぜ!?

リーズ累計120万部突破!(紙+電子)

TO JUNIOR-BUNKO

※第4巻カバーイラスト

イラスト：kaworu

TOジュニア文庫第4巻
2023年9月1日発売!

NOVELS

※第24巻カバーイラスト

イラスト：珠梨やすゆき

原作小説第25巻
2023年秋発売!

COMICS

※第10巻カバーイラスト

漫画：飯田せりこ

コミックス第10巻
2023年8月15日発売!

SPIN-OFF

※WEB連載バナー

漫画：桐井

スピンオフ漫画第1巻
「おかしな転生~リコリス・ダイアリー~」
2023年9月15日発売!

（第18巻）
おかしな転生XVIII
イチゴタルトは涙味

2021年9月 1日 第1刷発行
2023年6月20日 第2刷発行

著　者　**古流 望**

発行者　**本田武市**

発行所　**TOブックス**
〒150-0002
東京都渋谷区渋谷三丁目1番1号　PMO渋谷Ⅱ　11階
TEL 0120-933-772（営業フリーダイヤル）
FAX 050-3156-0508

印刷・製本　中央精版印刷株式会社

ISBN978-4-86699-295-2